MW01527656

CUENTOS DE HADAS JAPONESES

Cuentos de Hadas Japoneses

Traducción de Yoshihisa Igarashi

EDITORIAL QUADRATA

CDD   Cuentos de hadas japoneses - 1°. ed. 1° reimp. -
895.6 Buenos Aires: Quadrata, 2005.
       128 p.; 19x14 cm.

       Traducción de: Yioshihisa Igarashi

       ISBN 987-1139-04--7

       1. Literatura Japonesa

GRUPO EDITOR MONTRESSOR
Beazley 565 - Buenos Aires, Argentina
www.editorialquadrata.com.ar
(54 - 11) 4371-2332 I 4826-5537

©Editorial Quadrata, 2005

Tapa: Kovalsky
Diagramación: Marcela Gunning
Corrección: Corina Balbi

Queda hecho el depósito que previene la ley 11.723
I.S.B.N.: 987-1139-04-7

CONTENIDO

EL SEÑOR SACO DE ARROZ

En tiempos remotísimos, vivía en el Japón un famoso guerrero a quien llamaban Towara Toda o "Señor Saco de Arroz". Su verdadero nombre era Fujiwara Hidesato y la razón de que cambiara de nombre constituye una interesante historia.

Como era guerrero por temperamento y se le hacía insoportable el ocio del hogar, un día decidió emprender un viaje de aventuras. Se echó al cinto los dos sables, empuñó el arco, que sobrepasaba su estatura, se colgó el carcaj de un hombro y salió de casa. No había andado mucho cuando llegó al puente de Seta-no-Karashi, tendido a un extremo del hermoso lago Biwa. No bien puso un pie en el puente, vio que le estorbaba el paso un enorme dragón. Era tan grande, que parecía el tronco de un gigantesco pino derribado a lo ancho del puente. Apoyaba una de sus grandes garras en el pretil de un lado, y por el otro caía su larga cola. El monstruo parecía dormido y por sus narices lanzaba, al respirar, humo y fuego.

De buenas a primeras, Hidesato se quedó indeciso al ver que le cerraba el paso tan horrible reptil, ya que tenía que volverse o pasar por encima de su cuerpo. Pero era un valiente, y desechando todo miedo avanzó impávido. ¡Tras! ¡tras!, caminó pisando el enroscado cuerpo del dragón y entre los anillos que formaba y sin volver la vista atrás prosiguió su marcha.

Apenas se había alejado un poco, oyó que alguien le llamaba y no fue poca su sorpresa, cuando al volver la cabeza, vio que el dragón había desaparecido por completo y en su lugar, un hombre de extraño aspecto se inclinaba cortésmente hasta el suelo. Una cabellera larga y roja le caía por la espalda, ceñía su testa una corona en forma de cabeza de dragón y su vestido de azul marino estaba cuajado de conchas. Al instante comprendió que no se hallaba ante un simple mortal y le dejó muy perplejo lo peregrino del caso. ¿Dónde había ido el dragón en tan poco tiempo? ¿No se habría transformado en aquel personaje? ¿Qué significaba todo aquello? Mientras cruzaban por su mente estos pensamientos, se acercó al hombre que esperaba en el puente y le dirigió la palabra:

–¿Me llamabas?

–Sí –contestó el hombre–. Quisiera pedirte un gran favor. ¿Me lo harías?

–Con mucho gusto, si está en mi poder –contestó Hidesato–; pero antes dime quién eres.

–Soy el Rey Dragón del Lago y mi palacio está bajo el agua, junto a este puente.

–¿Y qué quieres de mí? –dijo Hidesato.

–Deseo matar a mi mayor enemigo el ciempiés, que vive en aquellas montañas –dijo el Rey Dragón señalando a una alta cumbre en la orilla opuesta al lago–. Hace muchos años que habito este lago y tengo una numerosa familia de hijos y de nietos. De algún tiempo a acá vivimos aterrorizados porque un monstruoso ciempiés descubrió nuestra casa y viene cada noche a llevarse un miembro de mi familia. Me veo impotente para salvarlo. Si esto dura mucho, no solo perderé todos mis hijos sino que yo mismo seré devorado por el monstruo. He llegado a sentirme tan desgraciado, que en mi desesperación me decidí a pedir la ayuda de un ser humano. Con esa intención me cruzaba cada día en el puente, tomando la forma de la horrible serpiente que tú viste, en espera de que viniese un hombre valiente y esforzado; pero todos los que se acercaban huían horrorizados al verme. Tú eres el único que ha sido capaz de mirarme sin miedo y por eso he conocido que eres hombre de gran valor. Compadécete de mí y ayúdame a matar a mi enemigo el ciempiés.

Hidesato compadeció de veras al Rey Dragón cuando supo lo que le pasaba y le prometió hacer cuanto pudiera para ayudarle. Preguntó dónde vivía el ciempiés, deseoso de atacarlo enseguida. El Rey Dragón le dijo que tenía el palacio en la montaña Mikami, pero que, como iba a cierta hora de la noche al palacio del lago, sería mejor esperarlo allí.

Hidesato se dejó, pues, guiar al palacio que el Rey Dragón tenía bajo el puente y, cosa increíble, al seguir a su huésped hacia lo profundo del lago las aguas se abrieron para dejarles paso, de modo que ni se le humedeció el vestido al pasar entre el líquido elemento. Nunca había visto Hidesato nada tan hermoso como aquel palacio construido de mármol blanco bajo el lago. Con frecuencia había oído hablar del palacio del Rey de los Mares en lo más hondo del océano, donde todos los criados y cortesanos eran peces de agua salada; pero aquí se trataba de un magnífico edificio en lo hondo del lago Biwa. Las delicadas carpas doradas y encarnadas y las plateadas truchas salieron a recibir al Rey Dragón y a su invitado.

Hidesato quedó sorprendido del banquete que se le sirvió. Los platos eran hojas y flores de loto cristalizadas, y los palillos, del más raro ébano. Apenas tomaron asiento, se abrieron las puertas corredizas y salieron diez carpitas bailarinas seguidas de otras carpas que tocaban el koto y el samisen. Así transcurrieron las horas hasta medianoche, entre deliciosa música que ahuyentó por completo de la memoria el recuerdo del ciempiés. Y en el momento de ofrecer el Rey Dragón al guerrero otra copa de vino, empezó a temblar el palacio como si un poderoso ejército pasara por allí cerca.

Hidesato y su huésped se levantaron y corrieron a la galería, desde donde el guerrero vio en la montaña, al otro lado del lago, dos grandes globos que se acercaban poco a poco. El Rey Dragón se quedó junto al guerrero, temblando de miedo.

-¡El ciempiés! ¡El ciempiés! ¡Esos dos globos de fuego son sus ojos! ¡Ya viene por su presa! ¡Ahora es el momento de matarlo!

Hidesato miró donde su huésped le indicaba y a la tenue luz de las estrellas vio detrás de los dos globos de fuego, el largo cuerpo de un enorme ciempiés que se arrastraba por la montaña, y la luz que despedían sus cien pies, brillaba como la de otras tantas lejanas linternas que se iban acercando a la orilla.

Hidesato no manifestó el menor signo de temor y trató de tranquilizar al Rey Dragón.

-No tengas miedo. Yo mataré al ciempiés. Dame el arco y las flechas.

El Rey Dragón hizo lo que se le mandaba y el guerrero vio que sólo había tres flechas en su carcaj. Cogió el arco, ajustó la flecha, apuntó con cuidado y disparó.

La flecha hizo blanco en la mitad de la cabeza del ciempiés, pero en vez de penetrar, resbaló inofensiva y cayó al suelo.

Sin perder la serenidad, Hidesato cogió otra flecha, preparó el arco y disparó. De nuevo hizo blanco dando en mitad de la cabeza del ciempiés, para resbalar y caer al suelo. ¡El ciempiés era invulnerable a las armas! Cuando el Rey Dragón vio que ni las flechas de aquel bravo guerrero podían matarlo, perdió la confianza y se echó a temblar de miedo.

El guerrero vio que sólo le quedaba una flecha en su carcaj y que, si ésta también fallaba, no podría matar al ciempiés. Miró por encima del agua. El enorme reptil había dado siete vueltas a la montaña y no tardaría en bajar al lago. Los globos ígneos de sus ojos brillaban cada vez más cerca y las luces de sus cien pies empezaban a reflejarse en las aguas del lago.

De pronto recordó el guerrero haber oído que la saliva del hombre era mortal para los ciempiés. Pero aquél no era un ciempiés ordinario; era tan monstruoso, que solo pensar en tan horrendo animal hacía estremecer de miedo. Hidesato se decidió a probar su postrer recurso. Cogió la última flecha y, después de ponerse la punta en la boca, distendió el arco, apuntó bien y volvió a disparar.

También esta vez hizo blanco la flecha en mitad de la cabeza del ciempiés, pero en vez de resbalar sin daño como antes, se clavó en los sesos del animal. El enroscado cuerpo del reptil se agitó en sacudidas convulsas y quedó inmóvil, y la luz de sus ojos de fuego y de sus cien pies se apagó poco a poco como el crepúsculo de una tarde tempestuosa, y de pronto quedó todo en tinieblas. Una densa oscuridad se esparció por el cielo y retumbó el trueno y brilló el relámpago y el viento rugió enfurecido y parecía llegado el fin del mundo. El Rey Dragón y sus hijos y cortesanos se refugiaron en todos los rincones del palacio muertos de miedo, pues el edificio temblaba en sus fundamentos. Por fin se acabó aquella terrible noche y brilló la aurora, más hermosa que nunca. El ciempiés había desaparecido de la montaña.

Entonces Hidesato llamó al Rey Dragón para que fuese con él a la galería, puesto que el ciempiés había muerto y ya nada había que temer.

Todos los habitantes del palacio acudieron con regocijo e Hidesato les indicó el lago donde el cadáver del ciempiés flotaba sobre las aguas completamente enrojecidas con su sangre.

El agradecimiento del Rey Dragón no tenía límites. Toda la familia se prosternó ante su salvador llamándolo su protector y el más valiente guerrero de todo el Japón.

Lo agasajaron con otro banquete más abundante que el primero. Toda clase de pescados, preparados de cuantas maneras pueda imaginarse, crudos, guisados, hervidos y fritos, le fue servido en bandejas de coral y en platos de cristal, y en su vida había Hidesato probado un vino tan exquisito como el que le ofrecieron. Y como para que resaltara la belleza de todo, lucía un sol esplendoroso y el lago centelleaba como un brillante de puras aguas y el palacio era mil veces más hermoso de día que de noche.

El huésped trató de persuadir al guerrero a quedarse allí unos días, pero Hidesato insistió en volver a casa diciendo que una vez terminada su misión, ya nada lo retenía. El Rey Dragón y su familia se mostraron muy apenados de tan pronta separación pero, ya que había de marcharse, le suplicaron que aceptase unos pequeños presentes, según ellos decían, en testimonio de lo reconocidos que le quedaron por haberlos librado para siempre de su horrible enemigo el ciempiés.

Mientras el guerrero estaba despidiéndose en el portal, una procesión de peces quedó transformada en una comitiva de lacayos vestidos de gran gala y con la corona del Dragón en la cabeza, para demostrar que todos eran criados del gran Rey Dragón. Los regalos que traían eran los siguientes:

Primero, una gran campana de bronce.

Segundo, un saco de arroz.

Tercero, un rollo de seda.

Cuarto, una cazuela.

Hidesato no quería aceptar todos aquellos regalos, pero como el Rey Dragón insistió, no pudo rehusarlos.

El mismo Rey Dragón lo acompañó hasta el puente y allí se despidió de él con muchas cortesías y calurosas frases de afecto, dejando que la comitiva de criados acompañase a Hidesato hasta su casa, con los regalos.

La familia y los criados del guerrero habían pasado una noche de inquietudes al ver que no regresaba, hasta que se tranquilizaron pensando que se había refugiado en alguna parte, sorprendido por la violenta tempestad. Cuando los criados que esperaban su regreso lo vieron de lejos, corrieron a dar aviso y toda la familia salió a su encuentro, sin llegar a comprender qué podía significar aquella comitiva de gente que llevaba regalos y libreas.

No bien los criados del Rey Dragón dejaron en el suelo los presentes, desaparecieron como por encanto e Hidesato contó todo lo que le había pasado.

Y resultó que los presentes con que le obsequió el agradecido Rey Dragón tenían una virtud mágica. Solo la campana era como todas las campanas y, como a Hidesato de nada le servía, la regaló a un templo vecino donde la colgaron muy alta para que diera las horas del día a todo el vecindario.

El saco de arroz, por mucho que le quitasen cada día para las comidas del caballero y de toda la familia, siempre estaba lleno... El arroz del saco era inagotable.

El rollo de seda tempoco menguaba, por más que de vez en cuando cortaban largas piezas de él para hacerle al guerrero trajes nuevos con que presentarse a la Corte.

La cazuela también era maravillosa. Cualquier cosa que en ella se metiese quedaba cocida al momento, adquiriendo un sabor delicioso sin necesidad de fuego, lo que resultaba verdaderamente económico.

La fama de la fortuna de Hidesato no tardó en extenderse hasta muy lejos, y como no tenía que gastar dinero en arroz, en seda ni en leña, llegó a ser muy rico y poderoso y desde entonces se le llamó el Señor Saco de Arroz.

El Gorrión sin Lengua

Hace mucho, muchísimo tiempo, vivía en el Japón un viejecito con su mujer. Él era un hombre bondadoso, compasivo y trabajador, pero ella era una cascarrabias que amargaba la dicha del hogar con su mala lengua. Se pasaba el día refunfuñando por cualquier cosa. El anciano hacía mucho tiempo que ni se fijaba en aquel continuo malhumor. Pasaba casi todo el día trabajando en el campo y como no tenía hijos que le entreteniesen al llegar a casa, se distraía con un gorrión domesticado. Quería al pajarito como si éste fuese su propio hijo.

Cuando llegaba a casa por la noche, rendido de trabajar al aire libre, no tenía otro placer que el de acariciar al gorrión, hablar con él y enseñarle monerías que el animalito aprendía enseguida. El viejecito abría la jaula y lo dejaba volar por la casa, jugando así los dos. Y cuando llegaba la hora de la cena, reservaba los mejores bocadillos para alimento del pajarito.

Y sucedió un día, que el anciano fue al bosque a cortar leña y la vieja se quedó en casa a lavar la ropa. El día anterior había hecho un poco de almidón y cuando fue a buscarlo para planchar, había desaparecido; la taza que dejó llena la víspera estaba vacía.

Mientras reflexionaba sobre quién podía haber utilizado o robado el almidón, se le acercó volando el domesticado gorrión e inclinando su linda cabecita -monada que aprendió de su dueño-, chirrió y dijo:

-Yo soy quien ha tomado el almidón, creí que era un manjar reservado para mí en la taza y me lo he comido todo. Si he cometido un error, te ruego que me perdones. ¡Chiu, chiu, chiu!

Bien se puede ver que el gorrión era un pájaro veraz y que la vieja debió perdonarlo de buena gana tan pronto como él le pidió perdón con tan buenos modos. Pero no fue así.

La vieja nunca fue amiga del gorrión y con frecuencia se peleaba con su marido por tener en casa lo que ella llamaba un pájaro desaseado, alegando que esto aumentaba su trabajo. Y sintió una alegría extraordinaria al hallar una ocasión para quejarse contra el mimado. Reprendió y hasta maldijo al pobrecillo por su mal comportamiento y no contenta con proferir las palabras más groseras y despiadadas, en un arrebato de ira cogió al gorrión -que no había cesado de batir las alas e inclinar la cabeza ante la vieja para demostrarle cuánto lo sentía-, fue a buscar las tijeras y cortó la lengua del pobre pajarito.

-¡Supongo que te comiste mi almidón con esta lengua! ¡Ahora verás cómo te las arreglas sin ella!

Y con estas horribles palabras, lanzó al aire al pajarito sin preocuparse en absoluto de lo que podría pasarle y sin sentir la menor lástima por sus sufrimentos. ¡Tan desalmada era!

Cuando se hubo desprendido del gorrión, la vieja hizo un poco más de pasta de arroz, sin dejar de murmurar un momento por la molestia que aquello le ocasionaba y después de almidonar la ropa, la posó en tablas a secar al sol, en vez de pasarle la plancha como se hace en otros países.

Al anochecer, el anciano emprendió el regreso hacia su casa pensando como siempre en que, al llegar a la puerta, su pajarito saldría a recibirlo chirriando y revoloteando con el plumaje ahuecado en señal de alegría, hasta que por fin se le pararía a descansar en un hombro. Pero aquella noche el buen hombre sufrió un verdadero desencanto, pues no vio ni la sombra de su querido gorrión.

Apresuró sus pasos, se quitó rápidamente sus sandalias de esparto y subió a la galería. Al no ver al gorrión por ninguna parte, ya no le cupo la menor duda de que su mujer, en uno de sus momentos de mal humor, lo habría encerrado en la jaula. La llamó, pues y le preguntó con ansiedad:

-¿Dónde está Suzume San (el señor gorrión) que no lo veo?

-¿Tu gorrión? ¿Que sé yo? Ahora que me haces pensar, no lo he visto en toda la tarde. ¡No me sorprendería que el muy ingrato hubiese volado, abandonándote, después de tanto mimo.

Pero al fin, como el hombre no la dejaba en paz preguntándole a cada momento e insistiendo en querer saber si le había pasado algo a su pajarito, ella se lo confesó todo. De mal talante, le dijo que el gorrión se le había comido la pasta de arroz que ella había hecho para almidonar la ropa y que, cuando el gorrión se declaró culpable, cogió en un acceso de ira las tijeras y le cortó la lengua. Después lo echó a volar y se volvió a casa.

Y la vieja enseñó a su marido la lengua del gorrión, diciendo:

-¡Aquí tienes la lengua que he cortado! ¡Malvado pajarito! ¿Por qué se comió el almidón?

-¿Cómo eres tan cruel? ¡Cielos! ¿Cómo eres tan cruel? -fue cuanto el anciano pudo replicar. Era demasiado bueno para castigar a su mujer como ésta se merecía, pero la crueldad cometida con su pobrecito gorrión lo dejó enormemente afligido.

-¡Qué desgracia tan tremenda para mi pobre Suzume San haber perdido la lengua! -se decía. -¡Ya no podrá chirriar más y seguramente el dolor que le habrá producido una operación tan brutal, lo tendrá enfermo! ¿Qué podría hacerse para remediar el mal?

El anciano derramó abundantes lágrimas cuando su molesta mujer se fue a dormir y mientras se secaba los ojos con la manga de su blusa de algodón, una idea luminosa lo consoló: al día siguiente iría en busca del gorrión. Sólo cuando hubo tomado tal decisión pudo irse a dormir tranquilo.

Al día siguiente se levantó apenas apuntó el alba y después de tomar un ligero desayuno, emprendió la marcha por montes y valles, deteniéndose en cada grupo de bambúes para gritar:

-¿Dónde, dónde está mi gorrión sin lengua? ¿Dónde, dónde está mi gorrión sin lengua?

No paró ni a descansar ni a comer y ya estaba muy avanzada la tarde cuando llegó a un gran bosque de bambúes. Aquel bosque era el refugio predilecto de los gorriones y, efectivamente, en la entrada misma del bosque vio a su propio gorrión que le estaba esperando. Experimentó tal gozo que apenas daba crédito a sus ojos y apresuró su marcha para saludar a su amiguito. Éste se deshacía en cortesías poniendo de manifiesto todas las gracias que su dueño le enseñara, y lo más pasmoso de todo era que hablaba como antes.

El anciano le expresó su sentimiento por lo que había pasado y le preguntó por la lengua, mostrándose admirado de que pudiera hablar sin ella. Entonces el gorrión abrió el pico y le enseñó la nueva lengua que le había crecido en sustitución de la primera, rogándole que no se preocupase más por lo pasado puesto que él estaba perfectamente.

Entonces comprendió el buen hombre que su gorrión era un hada y no un ave ordinaria y sería difícil explicar el regocijo que experimentó. Todas las penas y cansancios se le olvidaron con la alegría de haber encontrado al que creía perdido, y en vez de hallarlo enfermo y sin lengua como temía, lo veía feliz, con una lengua nueva, y sin señal alguna de los malos tratos que de su mujer recibiera. Y sobre todo, era un hada.

El gorrión lo invitó a seguirle y volando ante su antiguo dueño lo condujo a una hermosa casa en el centro del bosquecillo. El anciano se quedó maravillado al entrar y ver tan linda mansión. Las paredes eran de una madera blanquísima, las esterillas tendidas en el suelo eran las más delicadas que había visto, y los cojines que el gorrión le trajo para que descansase eran de la seda y el crespón más finos. Los lindos jarrones y cajas de laca adornaban el tokonoma de todas las habitaciones.

El gorrión condujo al anciano a la sala de honor y, colocándose él a cierta distancia, le dio las gracias, haciendo muchas reverencias por las bondades que le había dispensado durante tantos años.

Luego, el Señor Gorrión, como lo llamaremos en adelante, le presentó a toda su familia y una vez terminados los saludos de rigor, sus hijas, luciendo elegantes batas de crespón le sirvieron, en hermosas y antiguas fuentes, una comida con toda clase de exquisitos manjares que le hicieron pensar si no estaría soñando. Y mientras comía, algunas de las hijas del gorrión ejecutaron una admirable danza llamada "Suzume-odori" o la danza del gorrión, para divertirlo.

Nunca había gozado tanto el anciano. Las horas transcurrían con extraordinaria velocidad en aquel ambiente tan amable, con todos aquellos gorriones encantadores que le servían, lo agasajaban y bailaban ante él.

Pero se acercaba la noche y la oscuridad le recordó que estaba lejos de su casa y que habría de despedirse si no quería llegar muy tarde. Agradeció a su huésped el trato espléndido que le dio y le rogó que olvidara todo lo que había sufrido a manos de su molesta mujer. Le dijo que era para él un consuelo y una dicha saber que lo dejaba en una casa tan bonita y que nada le faltaba, que sólo fue el temor de que le hubiera sucedido alguna desgracia lo que le indujo a buscarlo con tanta ansiedad; mas ahora que sabía lo bien que estaba podía volverse a casa tranquilo. Añadió que si necesitaba alguna cosa no tenía más que mandarle un aviso y al momento acudiría.

El Señor Gorrión lo invitó a quedarse a descansar unos días aprovechando la ocasión, pero el anciano dijo que debía volver al lado de su mujer -que ya estaría murmurando al ver que no regresaba a la hora de costumbre- y al trabajo de cada día y que, por tanto, no podía aceptar la invitación por grandes que fueran sus deseos. Pero, sabiendo ya dónde vivía el Señor Gorrión, iría a visitarlo siempre que tuviese tiempo.

Cuando el Señor Gorrión se convenció de que no podría persuadir al anciano de quedarse en su compañía, dio una orden a sus criados que al momento se presentaran con dos cajas: una grande y otra pequeña. El Señor Gorrión le rogó que se llevase la que quisiera como regalo que quería hacerle.

El anciano no pudo rehusar un ofrecimiento que tan cordialmente se le hacía y eligió la caja más pequeña, diciendo:

-Soy demasiado viejo y débil para cargarme con la caja más grande y pesada. Ya que eres tan amable de dejarme llevar la que quiera, eligiré la más pequeña, que no me pesará tanto.

Todos los gorriones le ayudaron a cargársela y salieron a despedirlo a la puerta con muchas reverencias, deseándole un buen viaje y suplicándole que volviese siempre que tuviera tiempo. Y así fue como el anciano y su mimado gorrión se separaron amistosamente, sin que éste diese muestras del menor resentimiento por los malos tratos recibidos de manos de la vieja. Pero compadecía al anciano que tenía que soportarla toda la vida.

Al llegar a casa, el anciano encontró a su mujer de un humor insoportable, pues era muy tarde y le había estado esperando mucho tiempo.

-¿Dónde estuviste hasta ahora? -le preguntó con voz ronca-. ¿Por qué vienes tan tarde?

El anciano trató de tranquilizarla mostrándole la caja de los regalos que traía y luego le contó lo ocurrido y lo bien que lo había pasado en casa del gorrión.

-Veamos lo que hay en la caja -se apresuró a decir el anciano para no dar tiempo a nuevos regaños de la mujer-. Ayúdame a abrirla.

Los dos se sentaron ante la caja y la abrieron. Y cuál no sería su sorpresa al verla repleta hasta los topes de monedas de oro y plata y otros objetos preciosos. Las esterillas de su humilde cabaña resplandecían que era un gusto al sacar ellos los objetos uno por uno y dejarlos en el suelo para volverlos a coger una y otra vez. El anciano rebosaba de gozo al verse dueño de tanta riqueza. El regalo del gorrión sobrepasaba sus más vivas esperanzas, pues le permitiría abandonar el trabajo y vivir cómoda y regaladamente el resto de sus días.

-¡Gracias a mi buen gorrión! ¡Gracias a mi buen gorrión! -decía y repetía.

Pero la vieja, cuando se le hubo pasado el primer momento de sorpresa y satisfacción, no pudo refrenar los malos sentimientos que le dictaba su ambición y empezó a recriminar al anciano por no haber llevado a casa la caja grande de los regalos, pues con la franqueza de un corazón puro, le había él contado que rehusó la caja grande que le ofrecieron los gorriones, prefiriendo la pequeña por ser más ligera y fácil de transportar.

-¡Viejo tonto! -le dijo. -¿Por qué no aceptaste la grande? Piensa lo que hemos perdido. Tendríamos doble oro y plata de lo que hay aquí. ¡Eres un necio como no hay otro! -gritaba como una loca, y luego se fue a la cama enfurecida como nunca.

El pobre hombre se arrepintió de haber hablado de la caja grande pero era demasiado tarde. La codiciosa vieja, no contenta con la suerte que tan inesperadamente les había caído y que tampoco merecía ella, tomó la determinación de aumentarla, si aquello era posible. Al día siguiente se levantó muy temprano e hizo que su marido le describiese el camino que había de seguir para llegar a la casa del gorrión. Cuando él comprendió sus intenciones trató de disuadirla de aquella visita, pero todo fue inútil, pues ella se negó a escuchar las razones del marido. Parece increíble que a la vieja aquella no le diera vergüenza ir a ver al gorrión, después del cruel trato de que le había hecho objeto en un arrebato de ira, pero su afán de obtener la caja grande se lo hizo olvidar todo y ni siquiera se le ocurrió pensar que los gorriones pudieran estar disgustados con ella como lo estaban realmente, y que pudieran castigarla por lo que había hecho.

Desde que el Señor Gorrión volvió a casa en el estado lastimoso en que lo vieran cuando entró, llorando y echando sangre por la boca, su familia y sus amistades no habían cesado de hablar de la crueldad de la vieja. "¿Cómo -se decían unos a otros-, ha podido infligirte tan bárbaro castigo por la leve ofensa de comerte un poco de pasta de arroz por equivocación?." Todos querían al anciano que tan bueno, amable y paciente se mostraba en sus tribulaciones, pero odiaban a la vieja y resolvieron castigarla como merecía si se les presentaba la ocasión. No tuvieron que esperar mucho.

Tras largas horas de camino, la vieja llegó por fin al bosquecillo de bambúes donde los pajarillos habían instalado su vivienda y ante él se detuvo gritando:

-¿Dónde está la casa del gorrión sin lengua? ¿Dónde está la casa del gorrión sin lengua?

Por fin divisó los aleros de la casa que sobresalían entre el follaje. Se precipitó a la puerta y llamó ruidosamente.

Cuando los criados anunciaron al Señor Gorrión que su antigua dueña estaba en la puerta y preguntaba por él, se mostró un poco sorprendido de la inesperada visita después de lo que había pasado; pero no le extrañó el cinismo de la vieja al aventurarse a visitarlo. Pero el Señor Gorrión era un pájaro muy bien educado y salió a recibirla, recordando que había sido su dueña.

La vieja no quería perder tiempo y sin sentir la menor vergüenza, fue al grano, diciendo:

-No hace falta que te molestes en distraerme como lo hiciste con mi marido. Vengo a llevarme la caja que él dejó de tan necia manera. Pronto me marcharé si me das la caja grande. ¡Y nada más!

El Señor Gorrión accedió en seguida y ordenó a los criados que trajesen la caja grande. La vieja se apresuró a cogerla y a echársela a la espalda, y sin pararse a dar las gracias al Señor Gorrión emprendió el regreso hacia su casa.

La caja era pesada y no le permitía ir a prisa ni menos correr como ella deseaba en su ansiedad por llegar a casa y ver lo que la caja contenía, sino que se vio obligada a sentarse varias veces para descansar en el camino.

Mientras andaba encorvada bajo el peso de la carga, el deseo de abrir la caja se le hizo irresistible. No podía aguardar más pensando que aquella caja tan grande estaría llena de oro y plata y preciosas joyas, como la pequeña de su marido.

Por fin, la avara y egoísta vieja descargó la caja al lado del camino y la abrió cuidadosamente, esperando recrear su vista en un tesoro prodigioso. Pero lo que vio la llenó de tal modo de horror que casi perdió el sentido. Apenas levantó la tapa, un grupo de espantosos demonios salieron de la caja y la rodearon como si quisieran matarla. Ni en sus más horribles pesadillas había visto seres de tan horroroso aspecto como los que contenía su codiciada caja. Uno de los demonios que tenía un ojo enorme en mitad de la frente, se le acercó mirándola con ferocidad, mientras otro con la boca muy abierta parecía que iba a devorarla; una enorme serpiente gigantesca se le enroscó en su cuerpo silbando y una rana inmensa le saltaba encima croando roncamente.

En su vida había la vieja pasado tanto miedo y huyó de aquel lugar con la ligereza que le permitían sus temblorosas piernas, contenta de escapar con vida. Al llegar a casa se dejó caer al suelo y con lágrimas en los ojos contó a su marido cuanto le había pasado, diciendo que estuvo a punto de morir a manos de los demonios de la caja.

Luego empezó a culpar al gorrión, pero el anciano la atajó al momento diciendo:

-No culpes al gorrión sino a tu maldad que por fin ha encontrado su merecido. ¡Solo deseo que esto te sirva de lección en adelante!

La vieja se calló y desde aquel día vivió arrepentida de su mal comportamiento y, poco a poco, llegó a ser una vieja tan buena, que apenas su marido reconocía en ella a la misma persona. Los dos pasaron felices el resto de su vida, libres de privaciones e inquietudes, gastando con cuidado el tesoro que el anciano recibió de su gorrión mimado y sin lengua.

URASHIMA TARO,
EL PESCADOR

Hace mucho, muchísimo tiempo, vivía en el pueblo pesquero de Mizuno-Ye, en la costa del Japón de la provincia de Tango, un joven pescador llamado Urashima Taro. Su padre, que también era pescador, legó al hijo, duplicada, su habilidad, llegando a ser Urashima el más hábil pescador de la comarca; tanto, que pescaba en un día más bonito y más tai que sus compañeros en una semana.

No obstante, en el pueblo se le conocía más por su buen corazón que por su fama de pescador. Nunca en su vida había causado el menor daño a nadie y cuando era niño, siempre lo burlaban sus compañeros porque en vez de juntárseles para maltratar a los animales procuraba apartarlos de aquellos juegos crueles.

Una tarde apacible de verano, mientras se dirigía a casa después de un día de pesca, se encontró con un grupo de muchachos que chillaban y gritaban hasta desgañitarse y parecían muy excitados por algo, y al acercárseles para enterarse de qué se trataba, vio que estaban atormentando a una tortuga. Uno la tiraba por aquí, otro la empujaba por allá, un tercero le daba golpes con un palo mientras otro hacía sonar su concha con una piedra como sobre un yunque.

Urashima sintió honda lástima por la pobre tortuga y decidió rescatarla. Y habló a los muchachos diciendo:

—Mirad, amiguitos, tratáis tan mal a la pobre tortuga que pronto morirá.

Los chicos, que tenían todos esa edad en que los rapaces se gozan en ser crueles con los animales, sin hacer caso de la cortés advertencia de Urashima continuaron golpeando a la tortuga como antes. Y uno de ellos replicó:

CUENTOS DE HADAS JAPONESES

-¿A quién le importa que viva o muera? A nosotros, no. ¡Ea, chicos! ¡A ver quién puede más!

Y siguieron tratando a la pobre tortuga con más crueldad que antes. Urashima esperó un momento, reflexionando sobre la mejor manera de persuadir a los chicos. Tratando de inducirles a que le cediesen la tortuga, les sonrió y les dijo:

-¡Estoy seguro de que todos sois buenos chicos! Vamos a ver: ¿queréis darme la tortuga? ¡Me gustaría tanto tenerla!

-No, no te daremos la tortuga -dijo uno de ellos-. ¿Por qué hemos de dártela? ¿No la cogimos nosotros?

-Es verdad lo que dices -contestó Urashima, pero no os pido que me la deis gratis. Os daré por ella algún dinero... En otras palabras, el Ojisan (Tío) os la comprará. ¿Os conviene, amigos?- Y les enseñó una sarta de monedas sujetas en una cuerda por el agujero del centro-. Mirad muchachos, con este dinero podréis comprar lo que más os guste. Os podéis divertir más con este dinero que con la tortuga. A ver si sois buenos chicos y me escucháis.

Los chicos no eran malos sino revoltosos, y al oír a Urashima se dejaron ganar por su amable sonrisa y sus dulces palabras y empezaron a mostrarse de acuerdo con él. Poco a poco se acercaron y el más crecido de todos le presentó la tortuga.

-Perfectamente, Ojisan; ¡te daremos la tortuga si nos das el dinero!

Urashima cogió la tortuga y dio el dinero a los muchachos. Éstos se llamaron entre sí y echaron a correr hasta perderse de vista.

Entonces Urashima acarició la espalda de la tortuga, diciendo:

-¡Ah! ¡Pobrecita! ¡Pobrecita! ¡De buena te has salvado! Dicen que una cigüeña vive mil años pero la tortuga vive diez mil. Ningún ser de este mundo tiene una vida tan larga como tú y estuviste en peligro de perder esa preciosa existencia a manos de esos chicos crueles. Por suerte pasé yo y te salvé para que puedas seguir viviendo. Voy a llevarte en seguida a tu casa, al mar. No vuelvas a dejarte atrapar, porque otra vez, quizá no haya nadie que pueda salvarte.

Mientras esto decía, el pescador aligeraba el paso hacia la orilla, entre las rocas; luego dejó la tortuga en el agua y cuando el animal desapareció, se volvió a casa, porque estaba cansado y se había puesto el sol.

Al día siguiente, Urashima salió como de costumbre con su barca. Hacía un tiempo delicioso y el mar y el cielo eran de un azul suave, en la tenue calina de aquella mañana de verano. Urashima entró en la barca y la impulsó distraídamente mar adentro, echando el anzuelo. Pronto alcanzó las barcas de los otros pescadores y las dejó atrás hasta perderlas de vista en la distancia, y su barca continuó surcando las azules aguas cada vez más remotas. Sin saber por qué, sentíase aquella mañana extraordinariamente feliz, hasta el punto de acudirle el deseo de vivir, como la tortuga que salvó el día antes, durante miles de años, en vez del corto soplo de vida concedida a los hombres.

De pronto salió sobresaltadamente de su desvarío al oír gritar su nombre:

-¡Urashima! ¡Urashima!

El nombre flotaba sobre el mar, claro como una campana y suave como la brisa estival.

El joven se levantó y miró en todas direcciones, creyendo que una de las otras barcas se le había acercado; pero podía abarcar con la mirada la inmensa extensión de las aguas y ni cerca ni lejos vio nada, de modo que la voz no podía haber salido de ningún ser humano.

Sorprendido y no llegando a comprender quién ni cómo podía llamarle de una manera tan clara, se dio a mirar por allí cerca, en todas direcciones y vio que una tortuga estaba nadando al lado de su barca.

-¡Hola, señora Tortuga! -dijo Urashima-, ¿eras tú quien me llamaba hace un rato?

La tortuga hizo signos afirmativos moviendo repetidas veces la cabeza y contestó:

-Sí, yo era. Ayer salvé la vida gracias a ti, y ahora vengo a darte las gracias y a manifestarte cuán reconocida estoy a tus bondades.

-No puede negarse que estás bien educada. Sube a la barca. Te invitaría a fumar, pero como eres una tortuga sin duda no fumas -dijo el pescador riendo de su broma.

-¡Je, je, je! -rió la tortuga-. El sake (vino de arroz) es mi refresco predilecto, pero no me gusta el tabaco.

-Me lo figuraba -dijo Urashima- y no sabes cuánto siento no tener sake en la barca; pero sube y secarás tu espalda al sol, que a todas las tortugas os gusta eso.

Con la ayuda del pescador, la tortuga subió a la barca y, después de cambiar con él unas frases de cumplido, dijo:

-¿Has visto alguna vez el Rin Gin, el Palacio del Rey Dragón del mar, Urashima?

El pescador agitó la cabeza y respondió:

-No. Aunque hace años vivo en el mar como en mi casa, nunca he logrado divisar los dominios del Rey Dragón y eso que mil veces he oído hablar de él. En caso de que exista realmente, debe estar muy lejos.

-¿Es posible? ¿Pero nunca has visto el Palacio del Rey del Mar? Entonces has dejado de ver una de las mayores maravillas del mundo. Está muy lejos, en lo hondo del mar, pero si yo te condujese pronto llegaríamos allí. Si deseas visitar los dominios del Rey del Mar yo seré tu guía.

-Claro que me gustaría ir allá y eres muy buena al invitarme, pero no has de olvidar que no soy más que un pobre mortal y que no tengo la virtud de nadar como tú, que eres un habitante de los mares...

Sin dejarlo acabar, la tortuga le dijo:

-¿Qué importa? No hace falta que nades. Si quieres subirte a mi espalda te llevaré sin que tengas que molestarte para nada.

-Pero -repuso Urashima-, ¿cómo es posible que monte a caballo sobre ti?

-Te parecerá ridículo, pero te aseguro que puedes hacerlo. ¡Pruébalo y verás! No tienes más que ponerte sobre mi espalda y verás si es tan imposible como te figuras.

Cuando la tortuga acabó de hablar, Urashima miró a la espalda del animal y ¡cuál no sería su sorpresa al ver que ésta había crecido tanto, que un hombre podía sentarse cómodamente en su espalda!

-¡Qué cosa más rara! -dijo el pescador-. Pues bien; ya que eres tan amable, con tu permiso montaré sobre tu espalda. ¡Ajá! -exclamó al montarse.

Con cara inalterable, como si aquella fuese la cosa más insignificante, la tortuga dijo:

-Ahora partiremos felizmente.

Y sin añadir otra palabra se zambulló en el mar con Urashima a su espalda. La tortuga nadaba bajo el agua cada vez más hondo, y durante mucho tiempo, cabalgadura y jinete fueron corriendo por los abismos del océano sin que Urashima sintiese la menor fatiga ni el agua humedeciese sus ropas. Por fin apareció a lo lejos una verja magnífica, y detrás de la verja se divisaban los amplios y escalonados techos de un palacio cuya extensión se perdía en el horizonte.

-¡Oh! -exclamó Urashima-. ¡Eso parece la entrada de un gran palacio que se ve a lo lejos! Buena Tortuga, ¿puedes decirme qué palacio es el que vemos?

-Esa es la gran verja del Palacio Rin Gin. Esas grandes azoteas que ves detrás de la verja son las del mismísimo palacio del Rey del Mar.

-Entonces, hemos llegado al fin a los dominios del Rey del Mar y a su Palacio -dijo Urashima.

-Ni más ni menos -contestó la tortuga-. ¿No te parece que hemos tardado poco? -Y mientras hablaba, llegaron a la puerta de la verja-. Ya estamos y desde aquí harás el favor de seguir andando. La tortuga se adelantó y habló al portero diciendo:

-Este es Urashima Taro, del país del Japón. He tenido el honor de traerlo como huésped de este reino. Ten la bondad de mostrarle el camino.

Entonces el portero, que era un pez, se puso delante para precederlos.

El sargo encarnado, el lenguado, el rodaballo, la sepia y todos los principales vasallos del Rey Dragón del Mar, salieron a darle la bienvenida.

-¡Urashima Sama, Urashima Sama! Bien venido al Palacio del Mar, mansión del Rey Dragón del Mar. Tres veces bienvenido, ya que llegas de un país tan lejano. Y a ti señora Tortuga, te estamos muy reconocidos por haberte tomado la molestia de traernos a Urashima. -Luego, dirigiéndose a Urashima, le dijeron: -Haz el favor de seguirnos por aquí -y toda la banda de los peces fueron ya sus guías.

Urashima, que no era más que un sencillo pescador, ignoraba cómo había de conducirse en un palacio; pero aunque todo era nuevo para él, ni sintió vergüenza ni encogimiento y siguió muy tranquilo a sus guías que lo acompañaron hasta el palacio. Al llegar a las puertas, una hermosa Princesa rodeada de sus doncellas de compañía salió a recibirle. No había mujer en el mundo que pudiera comparársele en belleza y vestía flotantes atavíos de color encarnado y de un verde suave, semejante al del lado inferior de una onda, y unas franjas de oro lucían en los repliegues de su túnica. Su hermosa cabellera negra le caía deshecha por la espalda como a las hijas de los reyes de hace muchos siglos y cuando hablaba, su voz sonaba como una música bajo el agua. Urashima se quedó contemplándola con admiración sin saber qué decir. Entonces recordó que había de inclinarse, pero antes que pudiera insinuar una reverencia, la Princesa lo cogió de la mano y lo condujo a una magnífica sala, invitándole a sentarse en el puesto de honor.

-Urashima Taro; siento el mayor de los placeres al recibirte en el reino de mi padre -dijo la Princesa-. Ayer rescataste a una tortuga y te he mandado a buscar para darte las gracias por haberme salvado la vida, pues era yo aquella tortuga. Ahora, si tú quieres, puedes quedarte a vivir siempre en la tierra de la eterna juventud, donde nunca tiene fin la primavera y nunca llegan las penas y yo seré tu novia si quieres y viviremos los dos felices para siempre.

Mientras Urashima escuchaba tan dulces palabras y contemplaba su lindo rostro, sintió que el corazón se le llenaba de un gozo jamás sentido y contestó, dudando de que todo aquello no fuese más que un sueño:

-Gracias, mil gracias por tu amable proposición. Nada puedo desear más en este mundo que el permiso de permanecer a tu lado en esta hermosa tierra de la que tantas veces me contaron, pero nunca me hubiera imaginado una cosa tan maravillosa.

Mientras él hablaba apareció toda una procesión de peces que vestían magníficos y largos trajes de gala. Todos en fila, silenciosos y con majestuoso paso, entraron en la sala de uno en uno, llevando en bandeja de coral, los más exquisitos manjares del mar y verduras tan deliciosas como nadie puede soñar, colocando aquel admirable festín ante los novios. Se celebró la boda con deslumbrante esplendor y en los dominios del Rey del Mar hubo grandes regocijos. Después de que los jóvenes hubieron brindado tres veces con la copa del Vino nupcial, se tocó la música y se cantaron canciones y peces de escamas de plata y colas de oro salieron de las olas y danzaron. Urashima se divirtió con toda su alma. En su vida había asistido a una fiesta tan admirable como aquélla.

Y cuando acabó el baile, la Princesa preguntó al novio si le gustaría visitar el Palacio y ver cuánto le quedaba por ver. El feliz pescador siguió a la novia, hija del Rey del Mar, quien le mostró todas las maravillas de aquella tierra encantada, donde la juventud y la dicha caminaban de la mano sin que el tiempo ni la edad pudieran tocarlas. El palacio estaba construido de coral y adornado con perlas y eran tantas sus bellezas y prodigios que no hay lengua capaz de describirlas.

Mas, para Urashima, era más digno de admiración que el mismo palacio, el jardín que lo rodeaba. Allí podía verse al mismo tiempo el paisaje de las cuatro diferentes estaciones: las bellezas del verano y del invierno, de la primavera y del otoño, se manifestaban simultáneamente a la vista del admirado visitante.

Cuando miraba hacia el este, los ciruelos y cerezos se mostraban en toda su frondosidad, el ruiseñor cantaba en los rosales y las mariposas volaban de flor en flor.

Mirando al sur, todos los árboles eran verdes como en pleno verano y el grillo y la cigarra llenaban el espacio de estridores.

Volviendo la vista al oeste, los arces otoñales parecían incandescentes como una puesta de sol y los crisantemos estaban en toda su plenitud.

Al mirar al norte no pudo Urashima menos que estremecerse ante el súbito cambio operado, pues la tierra era blanca como la plata y los árboles y bambúes estaban cubiertos de nieve y el lago se había tapado de una capa recia de hielo.

Y cada día experimentaba Urashima nuevos goces y le sorprendían nuevos encantos y tan grande era su felicidad que se olvidó de todos, hasta de la casa que había dejado y de sus padres y de su propio país y se le pasaron tres días sin pensar un instante en lo que había dejado atrás. Por fin se le despertó la memoria y recordó quién era y que no pertenecía a aquella portentosa región ni al Palacio del Rey del Mar y se dijo:

"¡Dios mío! Ya no puedo permanecer aquí, porque tengo en casa a mi padre y a mi madre. ¿Qué les habrá pasado en todo este tiempo? ¡Qué intranquilos habrán vivido estos días viendo que yo no llegaba como de costumbre! He de volver enseguida sin dejar pasar un día más."

Y empezó a preparar apresuradamente el viaje de regreso. Buscó a su bella esposa, la Princesa y haciéndole una profunda reverencia, le dijo:

-Realmente he sido muy feliz a tu lado durante todo este tiempo, Otohime Sama (que así se llamaba) y no podría expresar con palabras lo buena que has sido conmigo. Pero hemos de despedirnos. Es preciso que vuelva al lado de mis padres.

Otohime Sama empezó a llorar y replicó con voz dulce y contristada:

-¿No te encuentras bien aquí, Urashima, que deseas dejarme tan pronto? ¿Qué prisa tienes? ¡Quédate conmigo aunque solo sea otro día!

Pero Urashima había recordado a sus padres y en el Japón, el respeto a los padres es el deber que se siente con más fuerza. Por tanto no se dejó persuadir, sino que contestó:

—He de marcharme sin falta. Pero no creas que deseo abandonarte. No es eso. He de ir a ver a mis padres. Permíteme ir un día y volveré a tu lado.

—Entonces —dijo la Princesa tristemente—, no hay más remedio. Hoy mismo te mandaré al lado de tus padres y en vez de tratar de retenerte aquí un día más, te daré esto como prenda de nuestro amor. Llévatelo.

Y le entregó una preciosa caja de laca, atada con un cordón de seda con borlas encarnadas.

Había Urashima recibido ya tantos regalos de la Princesa, que sintió ciertos escrúpulos de aceptar otro y dijo:

—No me parece bien aceptar de ti otro regalo después de los muchos dones que tengo recibidos de tus manos; pero ya que así lo quieres, lo tomaré. Y añadió: —Dime: ¿qué es esta caja?

—Esta es —contestó la Princesa—, la Tamate Bako (la Caja de la joya de la mano) y contiene algo muy precioso. ¡No has de abrirla, pase lo que pase! ¡Si la abres te sucederá algo horrible! ¡Prométeme que nunca abrirás esta caja!

Urashima prometió que nunca y por nada del mundo abriría la caja.

Entonces se despidió de Otohime Sama y bajó al portal acompañado de la Princesa y de sus doncellas y allí encontró una enorme tortuga que lo aguardaba.

Montó sobre la espalda del animal y éste emprendió la marcha bajo las claras aguas hacia el Este. Se volvió él para saludar con la mano a Otohime Sama hasta que la perdió de vista y los dominios del Rey del Mar y los tejados del magnífico palacio se desvanecieron en la distancia. Luego, de cara a su país, esperó que apareciesen ante su vista las azules montañas del horizonte.

Por fin, la tortuga lo llevó a la bahía que tan familiar le era y a la costa de donde había partido. Salió a tierra enjuta y miró en derredor, mientras la tortuga se volvía corriendo a los dominios del Rey del Mar.

¿Pero a qué se debe el extraño miedo que se apoderó de Urashima, mientras permanece de pie mirando en torno? ¿Por qué mira tan fijamente a las personas que pasan por su lado y por qué los transeúntes se detienen a mirarlo? La costa es la misma y las montañas no han cambiado, pero las personas que pasan tienen una cara muy diferente de las que él tan bien conocía.

Sin saber qué podía significar aquello se encaminó apresuradamente hacia su casa. También le pareció diferente su vieja morada, pero estaba seguro de no haberse equivocado de dirección y gritó:

-¡Padre, ya estoy de vuelta! -e iba a entrar cuando salió un hombre desconocido.

"Tal vez mis padres se han mudado durante mi ausencia y vivirán en otra parte", fue lo primero que se le ocurrió pensar. Empezaba a sentirse intranquilo y no sabía por qué.

-Perdone -dijo, dirigiéndose al hombre que se le quedó mirando-, pero hasta hace unos días he vivido en esta casa. Me llamo Urashima Taro. ¿Dónde han ido mis padres desde que me marché?

Una expresión de viva perplejidad se pintó en el semblante del hombre y, sin dejar de mirar fijamente a Urashima, dijo:

-¡Cómo! ¿Tú eres Urashima Taro?

-Sí -dijo el pescador-, soy Urashima Taro.

-¡Ja, ja! -rió el hombre-. No gastes semejantes bromas. Es verdad que hubo un tiempo en que vivió un tal Urashima Taro en este pueblo, pero de eso hace ya trescientos años. ¡No es posible que aún viva!

Al oír aquellas palabras, Urashima se asustó y dijo:

-Por favor, por favor, no se burle usted de mí, que estoy en gran perplejidad. Soy realmente Urashima Taro, pero no tengo trescientos años. Hace tres o cuatro días vivía en este mismo sitio. Dígame sin ambages ni rodeos, lo que deseo saber; se lo ruego.

Pero el hombre, con semblante cada vez más serio, le contestó:

-No sé si eres o no eres Urashima Taro. Pero el Urashima Taro de quien he oído hablar vivió hace trescientos años. ¿Tal vez eres su espíritu que viene a visitar su antigua morada?

-¿Por qué se burla usted de mí? -replicó Urashima. ¡Yo no soy un espíritu! Soy un hombre vivo, ¿no ve mis pies? -Y "pam, pam" golpeó el suelo, primero con un pie y después con el otro, para que el hombre se convenciese, pues los aparecidos japoneses no tienen pies.

-Pues Urashima Taro vivió hace trescientos años. Eso es cuanto sé, por haberlo leído en las crónicas del pueblo -profirió el hombre sin creer lo que el pescador decía.

Urashima se vio perdido en conjeturas e inquietudes y empezó a mirar a todos lados, yendo en aumento su terrible desconcierto al hallarlo todo tan diferente de lo que recordaba antes de marcharse y por primera vez pasó por su mente la horrible idea de que aquel hombre podía decir la verdad. Le pareció todo un sueño extraño. Los pocos días pasados en el palacio del Rey del Mar, bajo las aguas, no habían sido días sino siglos y durante aquel tiempo habían muerto sus padres y toda la gente conocida y en el pueblo se había escrito su historia. Era inútil permanecer allí más tiempo. Debía volver al lado de su esposa en lo profundo del mar.

Emprendió el camino hacia la playa, llevando en la mano la caja que le dio la Princesa. ¿Pero qué camino había de seguir? ¿Cómo la encontraría solo? De pronto recordó la caja, la Tamate Bako.

"La Princesa me dijo cuando me la dio, que nunca la abriese; que contenía una cosa muy preciosa. Mas ahora que no tengo casa y he perdido cuanto aquí me era de alguna estima y mi corazón se encoge de tristeza, tal vez, si la abro, encuentre algo que me consuele, algo que me muestre el camino que conduce a mi hermosa Princesa del Mar. ¿Qué otra cosa puedo hacer por ahora? ¡Sí, sí; abriré la caja y veré qué hay dentro!"

La tentación le inclinaba a un acto de desobediencia y trataba de persuadirse a sí mismo de que obraba razonablemente quebrantando su promesa. Con calma, con mucha calma, desató el cordón de seda encarnada y con gran parsimonia levantó la tapa de la preciosa caja. ¿Y qué encontró? Por extraño que os parezca, no salió de la caja más que una nubecilla purpúrea que formaba tres capas. Por un momento cubrió su rostro y onduló sobre su cabeza como si quisiera demorarse y luego se desvaneció como el humo sobre el mar.

Urashima, que hasta aquel momento había sido un joven fuerte y hermoso de veinticuatro años, se convirtió instantáneamente en un viejo decrépito. Se encorvó bajo el peso de los años, el cabello se le volvió blanco como la nieve, se le agrietó la cara de arrugas y cayó muerto sobre la playa.

¡Pobre Urashima! Por desobediencia no pudo volver a los dominios del Rey del Mar donde vivía la encantadora Princesa.

Niños, no desobedezcáis a los que son más sabios que vosotros, porque la desobediencia es el origen de todas las desgracias y sinsabores de esta vida.

El Granjero y el Tejón

Hace ya mucho tiempo vivía en la montaña, muy lejos de la Ciudad, un granjero anciano con su mujer. El único vecino que tenía era un tejón malvado y astuto, que cada noche merodeaba por los contornos de la granja, estropeando las hortalizas y el arroz que el granjero cultivaba con todo esmero. Como las fechorías del tejón iban cada día en aumento y cada vez eran mayores los estragos que causaba en la granja, el granjero, que por naturaleza era un buen hombre, se decidió a poner remedio a tanto mal y se pasaba los días y las noches armado de un grueso garrote, esperando sorprender al tejón; mas esperó en vano. Entonces determinó armar trampas para coger al dañino animal.

Al fin vio recompensados sus desvelos y su paciencia, pues un día, al ir a examinar sus trampas, encontró al tejón hundido en un hoyo que había hecho a tal propósito. Grande fue la alegría del granjero viendo capturado a su enemigo, al que llevó a casa bien amarrado con una cuerda. Al llegar dijo a su mujer:

-Por fin atrapé al maldito tejón. No lo pierdas de vista ni lo dejes escapar mientras yo no vuelva del trabajo, que esta noche haremos con él un buen guisado.

Dicho esto, colgó la alimaña de una viga del techo de su almacén y se volvió a trabajar al campo. El tejón estaba muy apurado, pues la idea de ser guisado aquella noche no le gustaba y empezó a dar vueltas y más vueltas a su cabeza, tratando de encontrar un plan que le permitiera escapar, mas no era la posición más cómoda para pensar serenamente aquélla en que lo colocaron, colgado patas arriba. Muy cerca, a la puerta del almacén por donde podía ver los verdes campos, los árboles y el sol que declinaba sobre el horizonte, estaba la mujer del granjero moliendo cebada. Parecía cansada y vieja. Surcaban su cara muchas arrugas y su piel era como de negro pergamino; de vez en cuando descansaba para enjugarse el sudor que caía por su frente.

-Señora mía -dijo el astuto tejón-, ¡cómo os debe de cansar a vuestra edad un trabajo tan pesado! ¿Queréis que os ayude? ¡Mis brazos son fuertes y puedo descansaros un poco!

-Gracias por tu amabilidad -contestó la vieja-, pero no puedo aceptar tu ayuda, porque tengo prohibido desatarte para que no te escapes, como harías al verte libre y mi marido se disgustaría mucho al llegar a casa y no encontrarte.

Pero el tejón que es uno de los animales más ladinos, insistió con acento de pena y de dulzura:

-¡Qué mala sois! Podéis desatarme y os prometo que no trataré de escapar. Si teméis por vuestro marido, dejaré que me volváis a atar antes que vuelva cuando haya acabado de moler la cebada. ¡Estoy tan cansado y dolorido, atado así patas arriba! ¡Si me bajaseis a tierra unos minutos, os lo agradecería!

La mujer, que tenía un corazón compasivo y carecía de malicia para desconfiar de nadie y menos para pensar que el tejón quería engañarla con malos propósitos, empezó a sentir lástima cuando se volvió a ver al animal. Éste se hallaba realmente en una posición muy penosa colgado del techo por las patas, amarradas en un manojo con tal fuerza que la cuerda le atravesaba la piel. Así, pues, movida a compasión y creyendo en la promesa que el animal le hacía de no escaparse, lo desató y lo dejó en el suelo.

Entonces la vieja le dio la mano del almirez para que trabajase un rato mientras ella descansaba. El tejón cogió la mano del almirez, pero en vez de ponerse a trabajar, según su promesa, saltó sobre la vieja y la derribó de un golpe. Luego la mató, la cortó en pedazos, la echó en el caldero y esperó la vuelta del marido. Éste trabajó todo el día en el campo y mientras lo hacía pensaba que ya el dañino tejón no le estropearía más su trabajo.

Al oscurecer cesó en su labor y emprendió el camino a casa. Estaba muy cansado, pero se consolaba pensando en el delicioso guiso de tejón que le esperaba. Ni un momento se le ocurrió pensar que el tejón podía haberse desatado y tomado venganza de su mujer.

El tejón, entretanto, se transformó en la vieja y, cuando vio que el granjero se acercaba salió a la puerta a recibirle diciendo:

-Por fin has venido. Ya está guisado el tejón y hace rato que te espero.

El granjero se quitó apresuradamente las sandalias de esparto y se sentó ante su plato. El inocente ni sospechó que quien salió a recibirle no era su mujer sino el tejón y pidió enseguida la cena. Entonces el tejón se transformó, volviendo a su primitiva forma y gritó:

-¡Que te aproveche tu mujer, viejo feo! ¡En la cocina encontrarás sus huesos!

Y lanzando una sarcástica y ruidosa carcajada, salió de la casa escapando y corrió a su madriguera de la montaña. El viejo se quedó solo, sin dar crédito a lo que acababa de ver y oír. Y cuando comprendió todo en verdad, quedó tan horrorizado y afligido, que se desmayó. Al cabo de un rato recobró el conocimiento y prorrumpió en llanto. Lloró amargamente y sus lamentos llenaron toda la casa. Iba de un lado a otro buscando en vano un alivio a su pena inconsolable. Le parecía demasiado horrible que el tejón hubiera matado y cocido a su fiel mujer mientras él estaba trabajando tan tranquilo en el campo, sin saber nada de lo que sucedía y felicitándose de haber dado caza al malvado animal que ya no estropearía más sus cultivos. Y lo que más le horrorizaba era pensar que estuvo a punto de comerse el guisado que la alimaña había preparado con su propia mujer.

-¡Pobrecita! ¡Pobrecita mía! -exclamaba.

Y sucedió que un conejo experimentado y bondadoso que vivía por allí cerca, al oír los llantos y las quejas del pobre anciano, acudió a enterarse de lo que pasaba y a ofrecerse en lo que pudiera ser útil a su vecino. El anciano le contó en todos sus pormenores lo que había ocurrido. El conejo montó en cólera al saber la maldad de que era capaz el falaz tejón y dijo al granjero que le dejase todo en sus manos, en la seguridad de que él vengaría a su difunta esposa. El granjero se sintió consolado y, enjugándose las lágrimas, dio las gracias al conejo por su bondad en acudir a consolarlo en su desgracia.

Viendo al granjero más calmado, el conejo se volvió a casa a meditar el plan de venganza contra el tejón.

El día siguiente amaneció espléndido y el conejo saltó en busca del tejón. Al no hallarlo en el bosque ni en las faldas del monte ni en los campos, se dirigió a su madriguera donde estaba escondido el animal, temeroso de mostrarse desde que escapó de casa del granjero, por miedo a la cólera del viejo.

El conejo le gritó:

-¿Por qué no sales, haciendo un día tan hermoso? Ven conmigo e iremos a la montaña a cortar hierba.

El tejón, que no ponía en duda la amistad del conejo, consintió en salir con él de mil amores para alejarse de la granja en compañía, sin miedo a encontrarse con el granjero. El conejo lo condujo a muchas leguas de su guarida, por la montaña, donde crece la hierba muy alta, espesa y tierna. Los dos se pusieron a cortar tanto como pudieron cargarse para acarrearla a casa, a fin de hacer provisión para el invierno. Cuando les pareció que tenían bastante, la ataron en haces y emprendieron el regreso, cargado cada uno con un fajo. El conejo hizo entonces que el tejón fuese delante.

Muy poco habían andado, cuando el conejo sacó el eslabón y el pedernal y empezó a lanzar chispas contra la espalda del tejón, hasta que prendió fuego en el fajo de hierba. El tejón oyó el ruido del pedernal y preguntó:

-¿Qué ruido es ese "crac, crac"?

-¡Ah! No es nada -contestó el conejo-. Solo digo "crac, crac", porque esta montaña se llama la Montaña que Cruje.

Pronto se propagó el fuego por todo el haz de hierba seca sobre la espalda del tejón, quien oyendo el crepitar de la hierba quemada, preguntó:

-¿Qué es esto?

-Ahora llegamos a la Montaña que Quema -contestó el conejo.

Ya el fuego había penetrado el haz de hierba hasta quemar todo el pelo de la espalda del tejón. Entonces percibió éste el olor de humo de la hierba y comprendió lo que pasaba. Y, dando alaridos de dolor, el tejón corrió con cuanta velocidad le permitían sus piernas, sin parar hasta su madriguera. El conejo lo siguió y lo halló tendido en su cama gimiendo de dolor.

-¡Qué desgraciado eres! -le dijo el conejo-. ¡No me explico cómo te ha sucedido esto! ¡Te traeré una medicina que curará tu espalda en poco tiempo!

El conejo se marchó, contento y sonriendo al pensar que ya había empezado el castigo. Esperaba que el tejón moriría quemado, pues creía que todo castigo era poco para el animal que había asesinado a una pobre vieja indefensa que puso en él toda su confianza. Al llegar a casa hizo un ungüento de pimienta roja.

Se lo llevó al tejón, pero antes de aplicárselo le advirtió que le causaría un gran dolor, pero que había de soportarlo con paciencia, pues se trataba de un medicamento prodigioso para quemaduras y otros males por el estilo. El tejón le dio las gracias y le rogó que se lo aplicase inmediatamente. Pero no hay lengua capaz de describir los atroces tormentos del tejón cuando la pimienta roja le cubrió toda la dolorida espalda. Se revolvía en la cama lanzando ayes desesperados. El conejo lo miraba pensando que la mujer del granjero empezaba a estar vengada.

El tejón permaneció en cama durante un mes, pero, al fin, a pesar de la pimienta encarnada, se curó de las heridas y se puso bien. Cuando el conejo vio que el tejón se restableció, ideó otro plan de venganza. Un día fue a visitarlo para felicitarle por su alivio. En el curso de la conversación, el conejo se refirió a sus aficiones de pesca y describió los placeres que se experimentaban cuando el agua era clara y el mar estaba en calma.

El tejón escuchaba con placer el relato que le hacía el conejo sobre lo bien que se pasaba así el tiempo y olvidó todos sus dolores y su mes de enfermedad, para pensar en lo mucho que se divertiría yendo también él a pescar. Como el conejo no quería otra cosa, en seguida lo aceptó por compañero.

Fue a casa y construyó dos barcas: una de madera y otra de arcilla. Cuando las terminó y miró su obra, el conejo dio por bien empleadas todas sus molestias si su plan tenía éxito y lograba matar al malvado tejón.

Llegó el día señalado por el conejo para ir de pesca. Eligió él la barca de madera y dejó la de arcilla para su compañero. El tejón que nada sabía de barcas, estaba encantado con la suya y alababa la bondad del conejo por habérsela dado. Subieron cada uno a su barco y se hicieran a la mar. Cuando ya estaban muy distantes de la orilla, el conejo propuso que probasen cuál era la barca más ligera. El tejón aceptó el reto y los dos se pusieron a remar con todas sus fuerzas. En lo mejor de la carrera, el tejón notó que su barca se iba desmenuzando ya que el agua acabó por reblandecer la arcilla. Se puso a gritar, muerto de espanto, pidiendo ayuda al conejo. Pero el conejo le contestó que estaba vengando la muerte de la vieja, como era su propósito de hacía tiempo y veía con inmensa alegría que el tejón encontraba, al fin, su merecido por todos sus crímenes y dejaría que se ahogase sin su ayuda. Entonces levantó un remo y lo descargó con toda su alma sobre el tejón hasta que éste se hundió con el resto de su barco, para no aparecer más.

Una vez cumplida la palabra que dio al granjero, el conejo remó hacia la orilla, empujó la barca hasta tierra enjuta y corrió a contarle cuanto había sucedido, anunciándole la muerte del tejón, su enemigo.

El viejo granjero le dio las gracias con lágrimas en los ojos, diciéndole que hasta entonces no había podido dormir de noche ni estar un momento tranquilo; pero que en adelante podría dormir y comer como antes. Invitó al conejo a quedarse con él y compartir su casa, de modo que, desde aquel día, el conejo se instaló en la granja y los dos vivieron como buenos amigos hasta el fin de sus días.

LA SHINANSHA
O EL COCHE QUE SEÑALABA EL SUR

La brújula con la aguja que siempre señala al Norte, es ahora un objeto corriente que apenas llama la atención, aunque cuando se inventó debió ser algo admirable.

Pero hace mucho tiempo hubo en China una invención más admirable, llamada la Shinansha. Era una especie de coche en figura de hombre que siempre señalaba al Sur.

Tan curioso instrumento se debió al ingenio de Kotei, uno de los tres emperadores chinos de la edad mitológica. Kotei era el hijo del emperador Yuhi. Antes de nacer Kotei, su madre tuvo una visión en la que se le predijo que su hijo sería un gran hombre.

Una tarde de verano salió a pasear por un prado en busca de la fresca brisa que sopla al terminar el día y a complacerse en la contemplación de las estrellas. Y, cosa extraordinaria, mientras miraba la estrella del Norte, ésta despidió vivos resplandores, como de relámpagos, en todas direcciones. Poco después venía al mundo su hijo Kotei.

Kotei llegó a la mayoría de edad y sucedió en el trono al emperador Yuhi, su padre. Vio turbados los primeros años de su reinado por el rebelde Shiyu.

Éste deseaba proclamarse rey y a tal objeto libró muchas batallas. Shiyu era un hechicero, tenía la cabeza de hierro y no había nadie que pudiera vencerle.

Por fin, Kotei declaró la guerra al rebelde y llevó a su ejército a la batalla, encontrándose las dos fuerzas en la llanura de Takuroku. El emperador atacó a su enemigo con audacia, pero el mago hizo descender una densa niebla sobre el campo de batalla y mientras el ejército real andaba desorientado, tratando de encontrar el camino, Shiyu se retiró con sus tropas, riéndose de haber burlado al ejército real.

Por valientes y decididos que fuesen los soldados del emperador, siempre lograría escapárseles el rebelde por su arte de magia.

Kotei volvió a su palacio y se pasó los días pensando en la manera de vencer al mago, resuelto a no abandonar la contienda. Al cabo de mucho tiempo inventó la Shinansha con figura de hombre que siempre señalaba al Sur, ya que en aquellos días no estaba inventada la brújula. Con aquel instrumento que le mostraría el camino no había de temer las densas nieblas provocadas por el hechicero para desconcertar a sus hombres.

Kotei volvió a declarar la guerra a Shiyu. Puso la Shinansha a la cabeza de su ejército y emprendió el camino hacia el campo de batalla.

Empezó la batalla con todo rigor. Ya el rebelde veíase obligado a retroceder ante el empuje de las tropas reales cuando recurrió a su magia y no bien hubo pronunciado en voz alta unas palabras misteriosas, se abatió sobre el campo de batalla una densa niebla.

Pero esta vez a ningún soldado le importó la niebla y ninguno se desconcertó. Siguiendo la dirección que le indicaba la Shinansha, Kotei pudo encontrar el camino y conducir su ejército sin el menor tropiezo. Persiguió de cerca al ejército rebelde y le acosó hasta que llegaron a un gran río. Kotei y sus hombres vieron que el río venía crecido con las riadas y era imposible cruzarlo.

Shiyu, apelando a sus artes mágicas pudo pasarlo con su ejército y se refugió en una fortaleza de la orilla opuesta.

Al verse Kotei detenido en su marcha, se llevó un enorme disgusto, pues estaba a punto de obtener una victoria sobre el rebelde cuando el río se lo impidió.

Nada podía hacer, pues en aquellos tiempos no había barcas, de modo que el emperador ordenó que se levantara su tienda en el delicioso paraje que aquel lugar le ofrecía.

Un día salió de su tienda y andando, andando, llegó a un remanso. Se sentó a la orilla y se perdió en reflexiones.

Era otoño. Los árboles que crecían junto al agua, se estaban desnudando de sus hojas y éstas flotaban aquí y allá sobre la superficie del remanso. Poco a poco fijó su atención en una araña, que, al borde mismo del agua, trataba de saltar sobre una de las hojas que pasaban cerca. Por fin lo consiguió y en un momento fue llevada por la superficie del agua al otro lado del remanso.

Aquel ligero incidente hizo pensar al sabio emperador en la posibilidad de hacer algo para trasladarse con su ejército a la otra orilla, de la misma manera que la araña lo había hecho sobre la hoja. Se puso a trabajar y no acabó hasta que inventó la primera barca. Cuando la hubo probado con éxito, puso a todos sus soldados a fabricar barcas hasta que tuvo las suficientes para todo el ejército.

Kotei pasó el río con sus tropas y atacó a Shiyu en su propio campamento, consiguiendo una victoria completa y poniendo fin a una guerra que durante tanto tiempo había perturbado a su país.

Este inteligente y bondadoso emperador no se dio momento de descanso hasta que aseguró la paz y la prosperidad en todos sus dominios. Era muy amado por sus súbditos, que bajo su gobierno gozaron largos años de felicidad. Se pasaba gran parte del día haciendo descubrimientos que beneficiaban a su pueblo y además de la barca y de la Shinansha que señalaba al Sur, fue autor de muchos otros inventos.

Cien años llevaba de reinado, cuando cierto día, mientras miraba al cielo, algo que brillaba como el oro descendió a la tierra. Cuando estuvo más cerca, vio Kotei que era el Gran Dragón. El Dragón se acercó y humilló la cabeza ante el emperador. Tal susto se llevaron la emperatriz y las cortesanas, que huyeron de allí chillando.

Pero el emperador se limitó a sonreír y las llamó diciendo:

-No tengáis miedo. Es un mensajero del cielo. ¡Mi vida en la tierra ha terminado! -Y montó en el Dragón, que empezó a subir por el aire.

Al ver esto la emperatriz y los cortesanos, gritaron al mismo tiempo:

-¡Espera un poco! ¡También queremos ir!- Y corrieron a cogerse a las barbas del Dragón, tratando de montarlo.

Pero era imposible que tanta gente cabalgase sobre el Dragón. Algunos se colgaron de las barbas del animal y con tal fuerza, que cuando se remontó en el aire le arrancaron los pelos y cayeron a tierra.

Entretanto, la emperatriz y unos pocos cortesanos lograron sentarse en la espalda del Dragón. Éste voló tan alto por la región celeste, que los huéspedes de palacio que quedaron en tierra decepcionados, los perdieron de vista y ya no los vieron más.

Al cabo de un tiempo, un arco y una flecha cayeron en el patio del palacio. Todos reconocieron que aquellas armas eran las que llevaba el emperador Kotei. Los cortesanos las cogieron con respeto y las guardaron en el palacio como reliquias sagradas.

LAS AVENTURAS DE KINTARO

Hace mucho tiempo vivía en Kyoto un bravo soldado que se llamaba Kintoki. Se enamoró de una hermosa muchacha y se casó con ella. Poco después, por intrigas de algunos compañeros, cayó en desgracia y fue despedido de la Corte. Le produjo el despido tan honda tristeza, que no pudo soportarla mucho tiempo y murió dejando a su hermosa viuda abandonada en el mundo. Temiendo a los enemigos de su marido, ella se apresuró a refugiarse en las montañas Ashigara en cuanto enviudó y allí, entre bosques solitarios donde solo se veían algunos leñadores, nació un hijo de Kintoki. Lo llamó Kintaro o el Hijo de Oro. Lo más destacado en aquel niño era su fuerza extraordinaria que aumentaba a medida que crecía, de modo que a los ochos años derribaba un árbol tan rápido como un leñador. Su madre le dio un hacha con la que iba al bosque y ayudaba o los leñadores. Éstos le llamaron "niño prodigio" y a su madre "nodriza de las montañas" porque ignoraban su noble ascendencia. Otra diversión de Kintaro consistía en tirar grandes piedras. ¡No podríais figuraros la fuerza que tenía!

A diferencia de otros muchachos, Kintaro creció en la soledad salvaje de las montañas y, como no tenía compañeros, se hizo amigo de todos los animales y llegó a entenderlos y a expresarse en su extraño lenguaje. Poco a poco se amansaron y consideraron a Kintaro como a su dueño y él hizo de ellos sus siervos y mensajeros. Sus amigos particulares eran el oso, el ciervo, la mona y la liebre.

El oso con frecuencia llevaba sus cachorros para que retozasen con

Kintaro y cuando los regresaba a la caverna el muchacho los acompañaba montado a caballo del oso. Era también muy amigo del ciervo y siempre estrechaba entre sus brazos el cuello del animal para demostrarle que no tenía miedo de sus cuernos. Los cinco se divertían de lo lindo.

Un día, Kintaro subió como de costumbre a la montaña, seguido del oso, del ciervo, de la mona y de la liebre. Después de mucho caminar, traspasando lomas y cruzando valles, llegaron a un hermoso prado cubierto de flores silvestres.

Era un paraje encantador donde podían retozar los cinco a su gusto. El ciervo restregó con placer sus cuernos contra un árbol, la mona se rascó la espalda, la liebre se atusó las orejas, el oso dio un gruñido de satisfacción.

Kintaro dijo:

-He aquí un lugar donde podemos organizar un buen juego. ¿Qué os parece una lucha a brazo partido?

El oso, como era el más grande y más viejo de todos, contestó por los otros:

-Será muy divertido. Como soy el animal más fuerte, yo me encargaré de construir una plataforma para los luchadores -y se puso a trabajar con toda su alma arrancando la hierba y dejando el suelo en debida forma.

-Bueno -dijo Kintaro-. Yo miraré mientras vosotros lucháis de dos en dos. Al que gane en cada vuelta le daré un premio.

-¡Qué divertido! Todos procuraremos llevarnos el premio -dijo el oso.

El ciervo, la mona y la liebre ayudaron a levantar la plataforma en que todos habían de luchar. Cuando estuvo terminada, Kintaro gritó:

-Vamos a empezar. La mona y la liebre abrirán el juego y el ciervo hará de árbitro. Venga, Señor Ciervo, a ejercer de árbitro.

-¡Je, je! -rió el ciervo- ¡Seré árbitro! Señora Mona y Señora Liebre, si están ya preparadas, hagan el favor de venir a ocupar el puesto que les corresponde en la plataforma.

Entonces la mona y la liebre se pusieron de un brinco en la plataforma. El ciervo, como árbitro, se colocó entre las dos y gritó:

-¡Espalda encarnada!¡Espalda encarnada! (dirigiéndose a la mona que en el Japón tiene la espalda encarnada). ¿Estás dispuesta?

Luego se volvió a la liebre:

-¡Orejas largas! ¡Orejas largas! ¿Estás dispuesta?

Las pequeñas luchadoras se miraban fijamente cuando el ciervo levantó una hoja dando la señal. Y cuando la bajó, la mona y la liebre se acometieron gritando: "¡Yoisho, yoisho!".

Mientras la mona y la liebre luchaban, el ciervo gritaba animándolos o dirigiéndoles advertencias cuando se empujaban hasta el extremo de la plataforma y estaban en peligro de caer.

-¡Espalda encarnada! ¡Espalda encarnada! ¡No pierdas terreno!

-¡Orejas largas! ¡Orejas largas! ¡Tente firme, tente firme... no te dejes pegar por la mona! -gruñía el oso.

Así animadas por sus amigos, la liebre y la mona sostenían la más dura pelea, tratando cada una de salir victoriosa. Por fin la liebre ganó a la mona. La mona parecía que se tambaleaba y la liebre de un manotazo la mandó dando volteretas fuera de la plataforma.

La pobre mona se levantó rascándose la espalda y poniendo una cara muy larga se quejó:

-¡Ay, ay! ¡Cómo me duele la espalda, cómo me duele la espalda!

Viendo a la mona en tan mal estado, el ciervo levantó la hoja y dijo:

-¡Ha terminado la pelea! ¡Ganó la liebre!

Kintaro abrió entonces la caja de la merienda y sacó un pastel de arroz que alargó a la liebre diciendo:

-¡Aquí está el premio, que bien te lo has merecido!

Entonces la mona se acercó muy disgustada y, como dicen en el Japón, "su estómago protestaba", porque creía que no la habían vencido en buena lid. Por tanto, se dirigió a Kintaro y a los otros y les dijo:

-No he sido vencida en buena lid. Resbalé y me tambaleé. Concededme el desquite y que la liebre luche conmigo otra vez.

Obtenido el consentimiento de Kintaro, la liebre y la mona empezaron a pelear de nuevo. Como es bien sabido de todos, la mona es un animal sagaz por naturaleza y resolvió atacar a la liebre por su punto flaco, si le era posible. Pensó que lo más seguro sería agarrar a la liebre por una de sus largas orejas y pronto se las ingenió para hacerlo. La liebre se olvidó de ponerse en guardia con el dolor que le causaba tan fuerte tirón de la oreja y aprovechando aquella oportunidad la mona la agarró por las patas y la tiró panza arriba. La mona fue declarada vencedora y recibió de manos de Kintaro un pastel de arroz que le hizo olvidar los dolores de espalda.

El ciervo preguntó entonces a la liebre si tenía ganas de más peleas y si quería probar con él y como la liebre aceptase, los dos subieron a la plataforma. El oso se les acercó como árbitro.

La liebre con orejas largas y el ciervo con sus largos cuernos eran dos competidores capaces de divertir a cualquiera que contemplase su extraña pelea. De pronto, el ciervo cayó de rodillas y el oso, con la hoja levantada, lo declaró vencido. Y de esta manera, saliendo todos vencedores unas veces y otras vencidos, los amigos se divirtieron hasta cansarse.

Por fin Kintaro se levantó y dijo:

-Basta por hoy. ¡Qué buen terreno hemos encontrado para luchar! Mañana volveremos. Ahora vámonos a casa, que es tarde.

Kintaro emprendió la marcha y los otros le siguieron. Después de mucho caminar llegaron a la orilla de un río que se deslizaba por un valle. Kintaro y sus cuatro peludos compañeros se detuvieron buscando la manera de cruzarlo. El agua corría dando tumbos y armando ruido y todos la miraban asustados, pensando cómo cruzarían la corriente y llegarían a casa aquella tarde.

Pero Kintaro les dijo:

-Esperad un momento. En cinco minutos os haré un buen puente.

El oso, el ciervo, la mona y la liebre esperaron a ver qué haría.

Kintaro fue examinando los árboles que crecían a lo largo del río y por fin se detuvo ante uno muy alto. Se agarró al tronco y lo sacudió con todas sus fuerzas, una, dos, tres veces. Era tal la fuerza de Kintaro, que a la tercera vez se rompieron las raíces y ¡crac, crac!, cayó el árbol formando un excelente puente sobre el río.

-¿Qué os parece mi puente? -dijo Kintaro. Es muy seguro y podéis seguirme.

Y pasó él primero. Nunca habían visto nada más sólido que aquel puente y todos exclamaban al pasar:

-¡Qué fuerte es! ¡Qué fuerte es!

Mientras esto sucedía, un leñador que acertaba a encontrarse contemplando el río desde una roca, vio todo lo que pasaba ante su vista.

Grande fue la sorpresa que le causó la presencia de Kintaro y sus compañeros animales. Se restregaba los ojos para estar seguro de que no soñaba, cuando vio al muchacho arrancar un árbol de cuajo y derribarlo sobre el río para hacer un puente.

El leñador, pues tal parecía por su vestido, quedó admirado de lo que veía y se dijo:

-Ese no es un muchacho cualquiera. ¿De quién será hijo? He de descubrirlo antes de que acabe el día.

Emprendió la marcha tras aquel grupo extraño y pasó a su vez el puente. Kintaro no se fijó en el hombre e ignoraba que éste lo siguiera. Al llegar a la orilla opuesta del río, se despidió de los animales que se internaron en el bosque, camino de sus casas, mientras él se dirigía a la suya donde su madre lo aguardaba.

Al llegar a su cabaña, que parecía una cajita de cerillas entre los pinos, saludó a su madre gritando:

-¡Okasan (madre), aquí estoy!

-¡Ah, Kimbo! -dijo su madre con una sonrisa de alegría al ver que su hijo llegaba sano y salvo tras todo el día de ausencia.

-¡Qué tarde vuelves hoy! Temía que te hubiese ocurrido algo. ¿Dónde estuviste tanto tiempo?

-Me llevé a mis cuatro amigos, el oso, el ciervo, la mona y la liebre por la montaña e hice que luchasen a ver cuál era más fuerte. Nos hemos divertido mucho y mañana volveremos para repetir la lucha.

-¿Y cuál es el más fuerte de todos? -preguntó la madre fingiendo no saberlo-. ¡Madre! -contestó Kintaro-. ¿No sabes que soy ya el más fuerte? No me hace falta luchar con ninguno de ellos para probarlo.

-Pero después de ti, quién es el más fuerte?

-El oso me sigue en fuerza -contestó Kintaro.

-¿Y después del oso?

-Después del oso no es fácil decir quién es más fuerte, porque el ciervo, la mona y la liebre parecen tener la misma fuerza -dijo Kintaro.

De súbito, Kintaro y su madre se sobresaltaron al oír una voz fuera.

-¡Óyeme, niño! Otra vez lleva a este viejo contigo al lugar de la lucha. ¡También él quiere divertirse!

Era el leñador que siguió a Kintaro desde el río. Se quitó los zuecos y entró en la cabaña. Yama-uba y su hijo, tomados de sorpresa, miraron con admiración al intruso y vieron que era un desconocido.

-¿Quién eres? -exclamaron los dos.

Entonces el leñador rió y dijo:

-No importa quién soy, pero veamos quién tiene más fuerza, si este chico o yo.

Kintaro, que se había pasado la vida en el bosque, contestó al viejo sin más cumplidos, diciendo: -Si así lo quieres, hagamos la prueba; pero no te quejes si te gano.

Kintaro y el leñador alargaron el brazo y se cogieron de la mano. Durante mucho tiempo, el muchacho y el viejo estuvieron forcejeando, tratando ambos de vencer la resistencia del otro; pero el viejo tenía mucha fuerza y aquella lucha se prolongaba sin resultado. Por fin, el viejo desistió deplorando el empate.

-Veo que eres un muchacho muy fuerte. ¡Pocos son los hombres que pueden hacer ostentación de fuerza ante la de mi brazo derecho! -dijo el leñador-. Hace unas horas te vi en la orilla del río cuando derribaste un árbol para hacer un puente. Creyendo apenas lo que veía, te seguí. La fuerza de tu brazo que acabo de poner a prueba, me demuestra lo que he visto esta tarde. Cuando hayas crecido del todo serás sin duda el hombre más fuerte del Japón. Es una lástima que vivas desconocido en estas montañas salvajes.

Y volviéndose a la madre de Kintaro añadió:

-Y tú, madre, ¿no piensas llevar a tu hijo a la capital y enseñarle a ceñir la espada como corresponde a un "samurai" (caballero japonés)?

-Os agradezco la amabilidad de interesaros tanto por mi hijo -replicó la madre-, pero como podéis ver, vive como un salvaje y carece de educación y temo que sería muy difícil hacer lo que decís. A causa de su fuerza extraordinaria para un niño, lo retengo en este rincón desconocido de la comarca, porque lastima a todos los que se le acercan. Muchas veces he deseado verlo, si pudiera ser, convertido en un caballero con dos espadas; pero como no tenemos amigos de influencia para presentarnos en la capital, temo que nunca veré realizados mis deseos.

-No os apuréis por tan poca cosa. A decir verdad, no soy leñador sino uno de los más grandes generales del Japón. Me llamo Sadamitsu y soy vasallo del poderoso señor Minamotono-Raiko. Él me ordenó recorrer la comarca en busca de muchachos que demostrasen poseer una fuerza extraordinaria, a fin de instruirlos para soldados de su ejército. Pensé que lo mejor sería presentarme disfrazado de leñador. La suerte ha querido que me encontrase inesperadamente con vuestro hijo. Si de veras queréis que sea un "samurai", me lo llevaré para presentarlo al Señor Raiko, como candidato para su servicio. ¿Qué decís a esto?

Mientras el buen general exponía su plan, el corazón de la madre se llenó de gozo, viendo que se le presentaba la ocasión de satisfacer el mayor deseo de su vida, que era ver a Kintaro convertido en un "samurai" antes de morir.

Después de inclinar la frente hasta el suelo, contestó:

-Os confiaré a mi hijo si es verdad lo que decís.

Kintaro, que estaba escuchando la conversación al lado de su madre, exclamó cuando ésta acabó de hablar:

-¡Qué alegría! ¡Qué alegría! ¡Iré con el general y un día seré un "samurai"!

Así quedó señalado el destino de Kintaro, pues el general decidió emprender el regreso a la capital llevándoselo. No hay que decir que Yama-uba no estaba triste al despedirse de su hijo, pues era lo único que le quedaba en este mundo, pero ocultó su tristeza bajo un semblante fuerte, como dicen en el Japón. Sabiendo que había de desprenderse de su hijo para bien de éste, no quiso desanimarle en la hora de la partida. Kintaro le prometió no olvidarla nunca y dijo que, tan pronto como fuera caballero con dos espadas, le haría construir una casa y la cuidaría en su vejez.

Todos los animales, los que había domesticado para que le sirviesen, el oso, el ciervo, la mona y la liebre, como los que se enteraron de su marcha, fueron a preguntarle si necesitaba sus servicios; al saber que iba a hacer carrera y lo siguieron hasta la falda de la montaña para ver desde allí cómo se alejaba.

-Kimbo -dijo su madre- procura ser buen chico.

-Señor Kintaro -dijeron los fieles animales- deseamos que tengas buen viaje.

Entonces subieron a un árbol y desde allí vieron como él y su sombra se empequeñecían cada vez más hasta que se perdieron de vista.

El general Sadamitsu caminaba lleno de gozo por haber encontrado inesperadamente un prodigio como Kintaro.

Al llegar al término de su viaje, el general llevó en seguida al muchacho a la presencia de su Señor Minamotono-Raiko y le contó lo de Kintaro y lo referente a su encuentro.

El Señor Raiko quedó complacido con aquella historia; ordenó que le presentasen a Kintaro e hizo de él uno de sus vasallos.

El ejército del Señor Raiko era famoso por su grupo llamado "Los cuatro valientes".

LA PRINCESA HASE
(HISTORIA DEL ANTIGUO JAPÓN)

En tiempos remotísimos vivía en Nara, la antigua provincia del Japón, un sabio ministro de Estado llamado Príncipe Toyonari Fujiwara. Su mujer era una noble, bondadosa y bonita joven, llamada Princesa Murasaki (Violeta). Su matrimonio se había concertado por ambas familias, según costumbre, cuando eran todavía niños y vivían muy felices. Tenían, no obstante, motivos para apenarse, pues transcurrían los años y no les llegaba un hijo. Esta circunstancia les entristecía un poco, pues deseaban con toda su alma tener un hijo que alegrase su vejez, llevase el nombre de la familia y cumpliese con los ritos ancestrales cuando ellos murieran. Después de mucho pensarlo y consultarlo, el Príncipe y su querida esposa, decidieron ir en peregrinación al templo de Hase-no-Kwannon (Diosa de la Gracia en Hase) pues creían, de acuerdo con la bella tradición de su país, que la madre de la Gracia, Kwannon, escucha las plegarias de los mortales, concediéndoles aquellos dones de los que se hallan más necesitados. Después de implorarla tantos años, seguramente se les mostraría propicia, dándoles un hermoso hijo en recompensa de su especial peregrinación, ya que era lo que más falta les hacía. Tenían todo cuanto puede ofrecer esta vida, pero se reducía a nada por no ver satisfechos los anhelos de su corazón.

El Príncipe Toyonari y su mujer fueron, pues, al templo de Kwannon y permanecieron allí mucho tiempo ofreciendo incienso y rogando a Kwannon, la Madre Celestial, que accediese a sus súplicas. Y sus oraciones fueron escuchadas.

La Princesa Murasaki dio a luz una niña y un gozo inmenso llenó su pecho. Al presentar la niña a su marido, decidieron los dos llamarla Hase-Hime o Princesa Hase, por considerarla un don de Kwannon concedido en aquel lugar. La educaron con todo esmero y ternura y la muchacha crecía en fuerza y en belleza.

Cuando la niña tenía cinco años, su madre cayó gravemente enferma y toda la ciencia de los médicos fue insuficiente para salvarla. Poco antes de lanzar su último aliento, llamó a su hija y, acariciándole suavemente la cabeza, le dijo:

—¿Sabes, Hase-Hime, que tu madre no puede seguir viviendo? Aunque muera, debes seguir siendo buena niña. Procura no molestar a tu niñera ni a nadie de la familia. Tal vez tu padre vuelva a casarse y venga otra a ocupar el puesto de tu madre. En tal caso no te apenes por mí; respeta a la segunda mujer de tu padre como a tu verdadera madre y sé una hija obediente para los dos. Cuando hayas crecido, acuérdate de que has de ser sumisa a los superiores y te has de mostrar amable con tus inferiores. No lo olvides. Muero con la confianza de que serás una mujer modelo.

Hase-Hime escuchó respetuosa las palabras de su madre y prometió seguir sus consejos. Hay un proverbio que dice: "Un alma es para tres como es para ciento", de modo que Hase-Hime creció según el deseo de su madre, como una Princesita buena y obediente, aunque era demasiado niña para comprender la enorme pérdida de su madre.

Poco después de morir su primera mujer, el Príncipe Toyonari volvió a contraer matrimonio con una señora de la nobleza, llamada Princesa Terute. De carácter muy distinto, ¡ay!, que el de la buena e inteligente Princesa Murasaki, esta mujer poseía un corazón duro y cruel. No quería a su hijastra y con frecuencia despreciaba a la huerfanita, pensando: ¡Ésta no es mi hija! ¡Ésta no es mi hija!

Pero Hase-Hime soportaba todos los desprecios con paciencia y trataba a su madrastra cariñosamente, obedeciéndola en todo y procurando no ocasionarle la menor molestia, tal como había aprendido de su buena madre, de modo que la Princesa Terute no tenía ocasión de quejarse de ella.

La Princesita era muy aplicada y sus estudios predilectos eran la música y la poesía. Dedicaba muchas horas diarias al estudio y su padre le buscó los más expertos maestros para que le enseñasen el "koto" (arpa japonesa) y el arte de escribir cartas y poesías. A los doce años tocaba tan maravillosamente, que ella y su madrastra fueron llamadas al Palacio para que el Emperador la oyese.

Se celebraba la fiesta de la Flor del Cerezo, que en la Corte tenía lugar con gran solemnidad. El mismo Emperador participaba del regocijo con que se recibía a la primavera y quiso que la Princesa Hase tocase ante él el "koto" y que su madre la Princesa Terute la acompañase con la flauta.

El Emperador se sentó sobre un estrado ante el que colgaba una cortina de fino tejido de bambú con borlas encarnadas, de modo que Su Majestad podía verlo todo sin ser visto, pues no a todo el mundo le estaba permitido contemplar su majestuoso rostro.

Hase-Hime era una artista consumada a pesar de su corta edad y con frecuencia dejaba sorprendidas a sus maestras con su admirable memoria y talento. Y en aquella solemne ocasión tocó divinamente. Pero la Princesa Terute, su madrastra, que era una holgazana y no se tomaba la molestia de ejecutar diariamente, se equivocó en su acompañamiento y tuvo que rogar a una de las damas de la Corte que la sustituyese. Fue aquello para ella una gran desgracia y la enfurecía el pensar que su hijastra obtenía un éxito mientras ella sufría un fracaso y para colmo de males, el Emperador mandó preciosos regalos a la Princesita como premio por lo bien que tocó en Palacio.

La Princesa Terute tenía otra razón para odiar a su hijastra, pues había tenido la suerte de que le naciese un hijo y en el fondo de su pecho se decía:

-Si no estuviese aquí Hase-Hime, mi hijo tendría todo el amor de su padre.

Como no había aprendido a dominarse, permitió que este mal pensamiento tomase incremento en su corazón, hasta el punto de desear la muerte de su hijastra.

Un día preparó en secreto un veneno y lo echó en vino dulce. Puso el vino envenenado en una botella y en otra puso vino bueno. Aprovechó la ocasión de que se celebrase el festival infantil del cinco de mayo, mientras Hase-Hime estaba jugando con su hermanito. Todos los juguetes, consistentes en guerreras y héroes, estaban esparcidos por el suelo y ella les contaba historias admirables de cada uno de ellos. Los dos se divertían riendo en compañía de sus criados, cuando entró su madre con las dos botellas de vino y unos pasteles deliciosos.

-Como es día de fiesta y sois tan buenos -dijo la perversa Princesa Terute sonriendo, -os traigo un poco de vino dulce como premio y aquí hay unos ricos pasteles para mis buenos hijos.

Y llenó dos copas, una de cada botella.

Sin sospechar que su madrastra estuviese representando una comedia repugnante, Hase-Hime cogió una de las copas de vino y dio la otra a su hermanito.

La malvada mujer había señalado cuidadosamente la botella del veneno, pero estaba tan nerviosa al entrar, que se confundió y escanció el veneno en la copa de su hijo. Luego se quedó contemplando con ansiedad a la Princesita, pero, con gran sorpresa, no descubrió ningún cambio en el rostro de la muchacha. Y de pronto, el niño lanzó un grito y cayó al suelo retorciéndose de dolor. Su madre acudió a socorrerlo, tomando antes la precaución de verter el contenido de las dos botellas y lo levantó. Los criados fueron volando a buscar al médico, pero nada podía salvar al niño, que una hora después se moría en brazos de su madre. Los médicos no sabían mucho en aquellos tiempos y pensaron que el vino le sentó mal al muchacho, causándole convulsiones que le produjeron la muerte.

La pérdida de su propio hijo fue el castigo que mereció la mala mujer por haber querido arrebatar la vida de su hijastra, pero en vez de arrepentirse empezó a odiar a Hase-Hime con toda la amargura y maldad de que era capaz su corazón y esperaba siempre el momento oportuno para perjudicarla, impacientándose porque tardaba en llegar.

Cuando Hase-Hime tenía trece años empezó a gozar fama de poetisa de mérito. Era la poesía un arte muy cultivado por las damas en el antiguo Japón y se tenía en gran estima.

Era la época de las lluvias en Nara y se hablaba cada día de los daños que causaban las riadas. El río Tatsuta, que atravesaba las tierras del Palacio Imperial, llegaba crecido hasta los bordes de la orilla y el tronar de la corriente, al pasar por un cauce estrecho, molestaba día y noche al

Emperador, privándole del necesario descanso, de lo cual resultó un grave trastorno nervioso. Se mandó a todos los templos budistas un edicto imperial ordenando a los sacerdotes que se elevasen al cielo continuas plegarias, pidiendo que cesara el ruido del agua. Pero todo fue inútil.

Entonces empezó a cundir por la Corte, la noticia de que la Princesa Hase, hija del Príncipe Toyonari Fujiwara, segundo ministro de la Corte, era la poetisa mejor dotada de la época a pesar de su corta edad, y sus maestras confirmaban estos informes. Se recordó que hacía tiempo, una doncella tan hermosa como inspirada poetisa, conmovió al cielo con sus oraciones en verso, logrando una lluvia copiosa sobre una tierra sedienta, según contaban los biógrafos de la poetisa Ono-no-Komachi. Si la Princesa Hase escribiese un poema y lo ofreciese como plegaria, acaso cesaría el ruido de la riada, causa de la enfermedad del Emperador. Lo que se decía en la Corte llegó a oídos de Su Majestad, quien mandó una orden al Príncipe Toyonari a tal objeto.

Hase-Hime se quedó tan asustada como sorprendida cuando su padre fue a buscarla y le anunció lo que de ella se esperaba y en verdad que era abrumador el peso que le echaban a la espalda, encargándole salvar la vida al Emperador con la virtud de sus versos.

Pero por fin llegó el día en que dio por terminado su poema, escrito en una hoja ribeteada de oro. Acompañada de su padre, de sus criados y de algunos oficiales de la Corte, se encaminó a la orilla del atronador torrente y, después de elevar su corazón al cielo, leyó con voz firme el poema que había compuesto, manteniéndolo en alto con ambas manos.

Todos los concurrentes quedaron admirados. El agua cesó de rugir y el río se deslizó manso y callado, como obedeciendo a su ruego. El Emperador recobró en seguida la salud.

Su Majestad se mostró muy complacido, la hizo ir al Palacio y la premió con el grado de "Chinjo", que es el de Teniente General, para distinguirla. Desde entonces se llamó Chinjo-Hime, o Princesa Teniente General y todos la amaron y respetaron.

Solo a una persona disgustó el éxito de Hase-Hime: a su madrastra. Sin poder apartar de su memoria el recuerdo de su hijo, a quien mató tratando de envenenar a su hijastra, la consumía la envidia que le causaba ver a la muchacha revestida de poder y de honores, gozando del favor del

Emperador y de la admiración de toda la Corte. La envidia y los celos le devoraban las entrañas como ascuas. Inventó varios embustes con que ganarse la complicidad del marido, pero todo fue inútil, porque él, invariablemente, le contestaba que todo aquello era mentira.

Por fin, aprovechando la ausencia del esposo, la madrastra ordenó a un viejo criado que llevase a la inocente doncella a la montaña de Hibari, que era lo más desierto del país y que allí le diesen muerte. Inventó una horrible historia sobre la Princesita, asegurando que lo único que podía impedir que cayese sobre la familia una desgracia, era matarla.

Katoda, su siervo, estaba obligado a obedecer a su señora; pero juzgó que lo mejor sería hacer creer que obedecía, en ausencia del padre de la muchacha, de modo que la subió a un palanquín y se la llevó al lugar más desierto del distrito. La pobrecilla comprendió que sería inútil protestar ante su malvada madrastra de que se la llevasen de aquel modo tan improcedente y se dejó conducir sin chistar.

Pero el viejo servidor sabía que la joven Princesa era inocente de todo lo que su madrastra le atribuía, como razón en que se fundaba tan ultrajante orden y resolvió salvarla. Pero sin antes matarla, no podía presentarse de nuevo ante su cruel señora y por tanto decidió quedarse en el desierto. Con la ayuda de unos campesinos construyó una cabaña y después de mandar un aviso en secreto a su mujer, el buen matrimonio hizo cuanto pudo para cuidar a la infortunada Princesa. Siempre confiaba ella en su padre, segura de que cuando al regresar a casa no la hallase, la buscaría sin descanso.

Al volver a casa el Príncipe Toyonari, algunas semanas después, le dijo su mujer que su hija Hase-Hime, después de cometer una falta muy grave, se había escapado de casa por miedo al castigo. El padre estuvo a punto de morir de pena. Todas los criados le dijeron lo mismo: que Hase-Hime había huido, aunque nadie sabía ni por qué ni cómo. Por temor al escándalo no quiso hacer indagaciones, pero se dio a buscar a su hija por todas partes donde creía que podía haberse refugiado, sin resultado alguno.

Un día, tratando de consolar su horrible pesadumbre, llamó a todos sus lacayos y les ordenó que le tuvieran todo preparado para una cacería de varios días por las montañas. Pronto le tuvieron todo apercibido y esperaron a su señor en la puerta del castillo. Emprendieron la marcha en dirección a la montaña de Hibari. El Príncipe caminaba a la cabeza y no tardó en adelantarse mucho a su numeroso séquito, hasta que se encontró solo en un estrecho y pintoresco valle.

Mirando a todos lados, en la contemplación del paisaje, divisó una casita sobre una cercada loma y le sorprendió oír una voz clara y melodiosa como de alguien que estuviera leyendo. Avivada su curiosidad por saber quién podía estudiar con tal aplicación en tan solitario paraje, desmontó y, dejando su caballo al cuidado de su palafrenero, subió hasta acercarse a la cabaña. Su sorpresa iba en aumento a medida que avanzaba, pues veía que el lector era una hermosa muchacha. La cabaña estaba abierta y ella sentada en la entrada. Escuchó atentamente y comprendió que estaba leyendo con gran devoción las escrituras budistas. ¡Y cuál no sería su sorpresa cuando al entrar en el reducido jardín que rodeaba la cabaña, reconoció a su propia hija Hase-Hime! Estaba ella tan absorta en lo que leía, que ni vio ni oyó a su padre hasta que éste habló:

-¡Hase-Hime! -exclamó -¿Eres tú, hija mía?

Sobrecogida de sorpresa, apenas comprendía ella que era su querido padre en persona quien la llamaba y estuvo un momento sin poder hablar ni moverse.

-¡Padre mío, padre mío! ¡Eres tú, padre mío!- fue cuanto pudo decir, antes de echarse en sus brazos y ocultar el rostro en el pecho paternal, hecha un mar de lágrimas.

Su padre acarició la negra cabellera de su hija mientras le pedía que le contase cuanto había sucedido; pero la muchacha no hacía más que llorar y el hombre dudaba si no era todo un sueño.

Entonces apareció el viejo criado Katoda y después de inclinarse ante su señor hasta tocar el suelo, descubrió la diabólica maquinación, contando todo lo que había pasado, explicándole la razón de que hallase a su hija en aquel paraje desierto sin más compañía que la de dos viejos criados para atenderla.

La sorpresa e indignación del Príncipe no conocía límites. Abandonó en seguida la caza y se apresuró a volver con su hija. Uno de los criados se adelantó a galope tendido para dar la alegre noticia y la madrastra, enterada de lo que acababa de suceder y temiendo encontrarse con su marido una vez descubierta su maldad, escapó de casa para refugiarse en el hogar paterno y ya no se volvió a hablar más de ella.

El viejo criado Katoda fue elevado al cargo más honorífico del servicio de su señor y vivió feliz hasta el fin de sus días, consagrado a la Princesita, que nunca olvidó que le debía la vida. Ya no volvió a molestarla otra madrastra y vivió feliz y tranquila en compañía de su padre.

Como el Príncipe Toyonari no tuvo más hijos, adoptó uno de la nobleza de la Corte para que fuese su heredero y para casarlo con su hija Hase-Hime. Al cabo de unos años se celebró el matrimonio. Hase-Hime vivió hasta una edad muy avanzada y dicen que fue la más inteligente, la más devota y la más bella señora que gobernó en la antigua casa del Príncipe Toyonari. Tuvo el gozo de presentar su hijo, el futuro señor de la familia, a su padre, antes de que éste se retirase de la vida activa.

Aún hoy se conserva un magnífico bordado de aguja en uno de los templos budistas de Kioto. Es un precioso tapiz con la figura de Buda en sedeños filamentos sacados del tallo del loto. Se dice que es obra de las manos de la buena princesa Hase.

El Hombre que No Quería Morir

En tiempos remotísimos vivió un hombre llamado Sentaro. Su nombre significaba "millonario" y aunque no era muy rico, estaba lejos de ser un pobre. Había heredado de su padre una fortunita con la que vivía desahogadamente, despreocupado de todo y sin pensar en trabajar seriamente, hasta que llegó a la edad de treinta y dos años.

Un día, sin más ni más, se vio sobresaltado por la idea de la muerte y de las enfermedades y el miedo a enfermar y a morir hizo de él, desde entonces, un hombre desgraciado.

-Me gustaría vivir -se decía- hasta la edad de quinientos o seiscientos años por lo menos, libre de toda dolencia. La vida del hombre es excesivamente corta.

Pensó que tal vez llevando una vida sencilla y frugal podría prolongarla hasta ver satisfecho su deseo.

Sabía de muchos casos de antiguos emperadores, que según las crónicas, vivieron mil años y recordaba que la Princesa de Yamato, como se contaba, llegó a la edad de quinientos años. Era la vida más larga que se recordaba de tiempos relativamente recientes.

Muchas veces había oído contar Sentaro la historia del Emperador de la China llamado Shin-no-Shico, uno de los más hábiles y poderosos gobernadores del celeste imperio, que construyó los más grandes palacios y la famosa muralla de la China. Poseía cuanto puede desearse en este mundo, mas a pesar de su felicidad y de la riqueza y esplendor de la Corte, de la sabiduría de sus consejeros y de la gloria de su reinado, se sentía desgraciado por saber que un día habría de morir y perdería todo.

Al acostarse y al levantarse y a todas horas del día, Shin-no-Shico no tenía otra idea que la triste de la muerte. Le era imposible distraerse de ella. ¡Ah! ¡Si él pudiera encontrar el "Elixir de la Vida", qué feliz sería!

Acabó por reunir a sus cortesanos y les preguntó si serían capaces de encontrarle el "Elixir de la Vida" de que tanto hablaban los libros y los hombres.

Un viejo cortesano, llamado Jofuku, dijo que muy lejos, a través de los mares, había un país llamado Horaizan donde vivían unos ermitaños que poseían el secreto del "Elixir de la Vida". Quien bebía de este admirable licor vivía eternamente.

El Emperador ordenó a Jofuku que fuese a la tierra de Horaizan en busca de los ermitaños y le trajese un frasco del mágico elixir. Puso a su disposición uno de sus magníficos juncos espléndidamente dotados, y lo cargó de riquísimos tesoros y de piedras preciosas con que Jofuku había de obsequiar a los ermitaños.

Jofuku se hizo a la mar en busca de la tierra de Horaizan, pero nunca volvió a la presencia del Emperador, que esperaba su regreso. Mas desde entonces, la montaña Fuji se ha considerado como la fabulosa Horaizan, la morada de los ermitaños que guardan el secreto del Elixir y Jofuku ha sido adorado como su santo patrón.

Y he aquí que Sentaro decidió salir en busca de los ermitaños y, de serle posible, convertirse en uno de ellos para poder obtener el agua de la vida eterna. Recordó que, siendo niño, le contaban que aquellos ermitaños no vivían solo en la montaña de Fuji, sino que habitaban en todas las cumbres más altas. Abandonó su casa al cuidado de los parientes y emprendió su peregrinación. Viajó por todas las regiones montañosas subiendo a los más altos picachos; pero en ninguno hallaba un solo ermitaño. Al cabo de muchos días de camino por una región desconocida, encontró a un cazador.

-¿Puedes decirme -le preguntó Sentaro- dónde viven los ermitaños que poseen el Elixir de la Vida?

-No -contestó el cazador- no puedo decirte dónde viven esos ermitaños; pero sí puedo asegurarte que por aquí vive un famoso bandido. Dicen que es el capitán de una banda de doscientos ladrones.

Tan inesperada contestación disgustó mucho a Sentaro y pensó que era una locura perder más tiempo buscando a los ermitaños de aquella manera y decidió ponerse bajo el patrocinio de Jofuku, adorado en el Sur del Japón como santo patrón de aquéllos.

Sentaro llegó a la capilla del santo y estuvo rezando siete días, pidiendo a Jofuku que le mostrase el camino de un ermitaño que pudiera darle lo que tanto deseaba.

A medianoche del séptimo día, mientras Sentaro estaba arrodillado en el templo, se abrió la puerta del santuario y se le apareció Jofuku en una nube luminosa, haciéndole señas de que se acercase y hablándole de esta manera:

-Tu deseo es muy egoísta y no puedo satisfacerlo fácilmente. Crees que te gustaría ser ermitaño para encontrar el Elixir de la Vida. ¿Sabes cuán dura es la vida de un ermitaño? Un ermitaño no puede comer más que legumbres, frutas y raíces, un ermitaño ha de renunciar al mundo para que su corazón sea puro como el oro y limpio de todo deseo terrenal. Después de seguir estas reglas austeras, el ermitaño deja de sentir hambre, frío y calor y es su cuerpo tan ligero, que puede montar en una grulla o en una carpa y andar sobre el agua sin mojarse los pies.

"Tú, Sentaro, estás hecho a la buena vida y a todo regalo. No te pareces ni a un hombre ordinario, ya que eres muy holgazán y más sensible al calor y al frío que la mayor parte de los hombres. ¡No podrías ir descalzo y ponerte solo un ligero sayal en pleno invierno! ¿Crees que tendrías la paciencia y la resignación necesarias para llevar una vida de ermitaño?

"No obstante, he atendido a tus ruegos y quiero ayudarte de otro modo. ¡Te enviaré al país de la Vida Eterna, donde nunca llega la muerte, donde la gente vive siempre!"

Diciendo esto, Jofuku puso en manos de Sentaro una grullita de papel, advirtiéndole que se sentase en su espalda y que ella lo llevaría allá.

Sentaro obedeció lleno de admiración. La pajarita creció lo suficiente para que él la cabalgase con comodidad, desplegó las alas, se elevó en el aire y voló por encima de las montañas en dirección al mar.

Sentaro se asustó al principio, pero no tardó en acostumbrarse a aquel vuelo vertiginoso sobre los mares. Vuela que volarás, avanzaban miles y miles de millas, sin que el ave se detuviera a descansar ni a comer, pues como era de papel, sin duda no necesitaba alimento y por raro que parezca, Sentaro tampoco tenía hambre.

Al cabo de muchos días llegaran a una isla. La grulla se internó un poco y luego descendió a tierra. Apenas Sentaro se apeó, el ave se plegó tomando su primitiva forma y ella misma voló al bolsillo del hombre.

Sentaro empezó a mirar por todas partes con cara de admiración, procurando hacerse cargo de aquel país de la Vida Eterna. Y echó a andar, primero por el campo y después por la ciudad. Todo, como es de suponer, lo encontraba extraño y diferente de su país; pero tanto la tierra como sus habitantes, presentaban un aspecto de prosperidad, de modo que le pareció bien quedarse y alojarse en uno de los hoteles.

El propietario era una buena persona y cuando Sentaro le dijo que era un forastero que se proponía vivir allí, se ofreció para arreglar con el gobernador de la ciudad todos los requisitos concernientes a la estadía de Sentaro. Buscó una casa para su huésped y de esta manera Sentaro vio pronto satisfecho su deseo de convertirse en un habitante del país de la Vida Perpetua.

Nadie recordaba que alguien hubiese muerto en aquella isla y las enfermedades eran desconocidas. De la India y de la China habían llegado sacerdotes que les hablaron de las bellezas de una tierra llamada Paraíso, donde la felicidad y la gloria llenaban el corazón de los hombres, pero solo podía llegarse a sus puertas por el camino de la muerte. Era una tradición que se conservaba de generación en generación; pero nadie sabía otra cosa de la muerte sino que llevaba al Paraíso.

Al contrario de lo que le pasaba a Sentaro y al común de las gentes, en vez de temer a la muerte, todos, ricos y pobres, la deseaban vivamente como el colmo de la felicidad. Todos estaban cansados de tanto vivir y anhelaban ir al país de la dicha llamado Paraíso, del que les habían hablado los sacerdotes hacía siglos.

Todo esto lo descubrió pronto Sentaro hablando con los isleños. Se hallaba, según él pensaba, en el país de los "Trastornos" y de las "Paradojas". Todo estaba vuelto al revés. Él había deseado evitar la muerte, había llegado al País de la Vida Perpetua con una gran ilusión, para encontrarse con una gente que no solo no temía la muerte, sino que la buscaban como una bienaventuranza.

Lo que él había rehusado hasta entonces como venenoso, aquella gente se lo comía como el manjar más exquisito, rechazando lo que él estaba acostumbrado a comer como bueno. Cuando llegaba algún mercader de otras comarcas, los ricos corrían a comprarle venenos, que se tragaban en seguida, esperando que les trajera la anhelada muerte para entrar en el Paraíso.

Pero lo que en otras partes del mundo eran venenos mortales, no producían el menor efecto en aquella extraña tierra y la gente que se los tragaba con la esperanza de morir, solo lograba mejorarse en vez de sentirse mal.

En vano trataban de imaginarse qué era la muerte. Los ricos hubieran dado cuanto poseían por ver acortada su vida a doscientos o trescientos años solamente. Eso de vivir siempre sin ningún cambio le parecía a aquella gente muy pesado y triste.

En las boticas vendían una droga que era objeto de incesantes demandas porque se suponía que, después de tomarla durante un siglo, empezaban a salir algunas canas y a producirse desórdenes digestivos.

Sentaro se quedó pasmado al descubrir que en los restaurantes se servía como un plato delicioso el indigesto orbe, y los mercachifles iban por las calles vendiendo pasteles de cantáridas. Y nunca veía indispuesto a nadie que comiese aquellas cosas tan repugnantes; ni siquiera se encontró nunca con una persona resfriada.

Sentaro estaba encantado y se decía que jamás se cansaría de vivir, considerando un disparate el deseo de morir. Era el único hombre feliz de aquella isla. Por su parte deseaba vivir mil años para poder gozar de la vida. Se dedicó a los negocios y nunca pensaba ni soñaba siquiera en volver a su tierra natal.

Pero con el transcurso de los años no marcharon las cosas tan risueñas como al principio. Tuvo grandes pérdidas en sus negocios y en ciertas ocasiones distaban mucho de ser agradables sus relaciones con los vecinos, cosa que le ocasionó grandes molestias.

El tiempo se le pasaba con la velocidad de una saeta, pues estaba constantemente ocupado desde la mañana a la noche. Trescientos años transcurrieron de esta manera monótona y, al fin, empezó a cansarse de la vida en aquel país y a pensar en su tierra y en su casa. Mientras continuase viviendo allí, siempre sería la misma vida. ¿No era una locura y un aburrimiento permanecer en ese lugar para siempre?

En su deseo de salir del país de la Vida Perpetua, Sentaro se acordó de Jofuku, que le prestó su ayuda cuando deseaba huir a la muerte y rogó al Santo que le devolviese a su país natal.

Apenas terminó su plegaria, la grulla de papel le saltó del bolsillo. Sentaro se admiró de que se hubiera conservado tanto tiempo sin estropearse. De nuevo la pajarita creció hasta que él pudiera subírsele a la espalda y una vez que él hubo montado, desplegó sus alas y emprendió raudo vuelo sobre los mares en dirección al Japón.

Tan voluble es la naturaleza humana, que Sentaro volvió la cabeza con pena de dejar todo lo que quedaba atrás y hasta trató de parar al ave, pero en vano. La grulla siguió volando durante miles y miles de millas sobre el océano.

Entonces se produjo una tempestad y la prodigiosa grulla de papel se mojó, perdió la rigidez de sus alas y cayó al mar. Con ella cayó Sentaro. Horrorizado ante la idea de ahogarse, pidió a gritos a Jofuku que le salvase. Miró a todos lados, pero no había ningún barco a la vista. Tragó buena cantidad de agua que acrecentó su miedo y cuando hacía esfuerzos enormes para mantenerse a flote, vio un monstruoso tiburón que se precipitaba sobre él y abría la boca para devorarlo. Sentaro se quedó helado de espanto y viendo tan cercano el fin de su vida, gritó con toda su alma pidiendo la protección de Jofuku en aquel trance supremo.

Y he aquí que Sentaro se despertó con sus propios gritos para saber que, durante su larga plegaria, se había dormido ante el santuario y que toda aquella extraordinaria y espantosa aventura no fue más que una pesadilla. Estaba empapado de un sudor frío y completamente trastornado.

De pronto vio que se acercaba a él una luz y que en la luz aparecía un mensajero. El mensajero traía un libro en la mano y habló a Sentaro:

-Me envía a ti Jofuku, que atendiendo tu ruego, ha permitido que vieras en sueños la tierra de la Vida Perpetua. Pero te has cansado de vivir allí y le has suplicado que te volviese a tu país para poder morir. Para probarte, Jofuku permitió que cayeras al mar y mandó un tiburón para que te devorase. Tu deseo de morir no era verdadero, pues en aquel momento gritaste pidiendo ayuda.

También es vano tu deseo de hacerte ermitaño para encontrar el Elixir de la Vida. Eso no es para hombres como tú, que no vives con bastante austeridad. Lo que más te conviene es volver a tu casa paterna y llevar una vida honesta y de trabajo. No te olvides de celebrar los aniversarios de tus antepasados y ponte por obligación el procurar por tus futuras hijas. Así vivirás largos años y serás feliz; pero no desees en vano evitar la muerte parque nadie puede evitarla y ahora ya has aprendido que los deseos egoístas, aunque lleguen a realizarse, no conducen a la felicidad.

"En este libro que te doy encontrarás muy buenos preceptos que te convienen. Si los estudias, ellos te guiarán por el camino que te he señalado."

El ángel desapareció cuando acabó de hablar y Sentaro se aprendió aquella lección de memoria. Se volvió a su casa con el libro, y abandonando todos sus vanos deseos, procuró llevar una vida buena y útil siguiendo los consejos que halló en él. Y desde entonces prosperaron él y su casa.

La Hija de la Luna

Hace mucho, muchísimo tiempo, vivía un viejo cortador de bambúes. Era muy pobre y estaba muy triste porque Dios no le enviaba un hijo que alegrase su vejez y no le quedaba otra esperanza que trabajar sin descanso hasta que la muerte le llevara a reposar en la tumba. Cada día iba al bosque y a las montañas, donde el bambú eleva su follaje hacia el cielo. Después de examinar las cañas, cortaba las gruesas del bosque y rajándolas a lo larga o dividiéndolas en pequeñas porciones, formaba un haz que se llevaba a casa para fabricar varios artículos caseros, de cuya venta malvivían él y su mujer.

Un día que, como de costumbre, fue al trabajo, halló un grupo de crecidos bambúes y se puso a cortarlos. De pronto, aquella verde fronda se iluminó con una luz suave, como si hubiera salido por allí la luna llena. Miró a todas partes con sorpresa y vio que el brillo provenía de un bambú. El viejo dejó el hacha, lleno de admiración y se acercó al resplandor, viendo al acercarse que la luz salía del interior de un tallo recién cortado; pero su admiración llegó al colmo al descubrir en el centro de aquella luz a un ser humano tan diminuto, que no pasaría de tres pulgadas de estatura, pero de extremada belleza.

-Han debido enviarte para que seas mi hija, pues te he encontrado entre los bambúes que son el material de mi trabajo diario -dijo el viejo. Y cogiendo a la criaturita en sus manos, la llevó a su mujer para que la cuidara.

La niña era tan extraordinariamente hermosa y tan pequeña, que la anciana la metió en una cesta para librarla de todo peligro de lastimarse.

Marido y mujer se sintieron por fin completamente felices, pues siempre habían vivido con la pena de no tener hijos y ahora podían dedicar todo el amor de su ancianidad a aquella niña pequeñita, que de tan prodigiosa manera acababan de obtener.

Desde entonces, siempre encontraba el viejo en el hueco de los bambúes que cortaba, monedas de oro, y no solo oro, sino piedras preciosas, de modo que llegó a enriquecerse. Se hizo construir una casa magnífica y ya no se le conoció como el pobre cortador de bambúes, sino como el hombre rico.

Pasaron velozmente los tres primeros meses y en tan corto tiempo la niña del bambú creció de manera prodigiosa hasta convertirse en una joven lozana, de modo que sus padres adoptivos pudieron recogerle el cabello y vestirla con preciosos kimonos. Era de tan prodigiosa belleza, que la pusieron detrás de biombos como a una princesa y no permitían a nadie verla, sino que la cuidaban ellos personalmente. Parecía hecha de luz e inundaba la casa de una suave claridad, de modo, que aun de noche, se veía como si fuese de día. Su presencia ejercía una influencia benéfica en el matrimonio. Cuando el anciano se sentía triste, no tenía más que mirar a su hija adoptiva para que se le disipasen las penas y era tan feliz como en los días de su juventud.

Por fin llegó el día de ponerle un nombre. El matrimonio mandó buscar a un hombre docto en la materia de poner nombres, que la llamó Princesa Luz de la Luna, porque su cuerpo despedía un brillo tan suave, que bien podía haber sido una hija de la luna.

Tres días duró la fiesta del bautismo, en que no cesaron los cantos, las danzas y la música. Todos los parientes y amigos del matrimonio asistieron y se regocijaron con los festivales celebrados en honor de la llamada Princesa Luz de la Luna. Todos los que tuvieron la dicha de contemplarla, declararon que nunca vieron belleza tan prodigiosa y afirmaban que las jóvenes más hermosas de la tierra palidecían a su lado. La fama de la belleza de la Princesa llegó pronto muy lejos y fueron muchos los pretendientes que aspiraron a su mano o al menos, a poder verla.

Pretendientes de todas partes iban a apostarse ante la casa y hacían agujeros en la cerca con la esperanza de tener un vislumbre de la

Princesa cuando pasase por la galería, de una habitación a otra. Y allí permanecían día y noche, privándose aun de dormir por una oportunidad de verla; pero esperaban en vano. Luego se acercaban a la casa y trataban de hablar al anciano o su mujer o a alguno de los criados; pero ni siquiera eso lograban.

Y a pesar de todo, continuaban allí día tras día y noche tras noche, sin dar importancia a sus molestias; tan grande era su deseo de ver a la Princesa.

Por fin, la mayor parte de los hombres, viendo que nada podían conseguir, se desanimaron y, perdida toda esperanza, se volvieron a casa. Todos se marcharon menos cinco caballeros cuyo ardor y determinación parecían aumentar con los obstáculos que hallaban a sus pretensiones. Estos cinco hombres renunciaban incluso a sus comidas y aceptaban cualquier bocado que les llegaba a las manos, para no apartarse un momento de la casa. Permanecían allí apostados aguantando los rayos del sol y las lluvias.

De vez en cuando escribían cartas a la Princesa, pero en vano esperaban contestación. Y cuando las cartas no surtieron efecto escribieron poemas hablándole de su amor sin esperanza que los tenía sin dormir, sin comer, sin descansar y alejados de su hogar. Pero la Princesa Luz de la Luna no dio muestras de haber recibido sus versos.

Y en aquella situación desesperada pasó el invierno. La nieve, los hielos y los fríos vientos desaparecieron con las suaves tibiezas de la primavera. Llegó el verano y el sol caía a plomo, achicharrando el cielo y la tierra y aquellos fieles caballeros seguían imperturbables en su puesta. Después de tan crueles sufrimientos llamaron al anciano y le suplicaron que se apiadase de ellos y les mostrase la Princesa, pero él se limitó a contestar que, como no era su padre verdadero, no podía obligarla a obedecerle contra sus deseos.

Al recibir una réplica tan severa, los cinco caballeros decidieron marcharse a casa, pensando en la mejor manera de mover el corazón de la orgullosa Princesa, aunque solo les concediese una audiencia. Cogieron el rosario y, arrodillados ante sus dioses caseros, les quemaron incienso, rogando a Buda que atendiese el deseo de su corazón. Así pasaron varios días sin que pudieran hallar paz ni descanso en su propio hogar.

Y volvieron a casa del cortador de bambúes. El anciano salió a verles, y ellos le rogaron que les dijese si la Princesa estaba resuelta a no ver a ningún hombre fuera cual fuese, suplicándole al propio tiempo, que intercediese por ellos, poniéndolo al corriente de la grandeza del amor que le tenían y hablándole del tiempo que habían pasado bajo los fríos del invierno y los calores del verano, sin dormir y a la intemperie, sin comida y sin descanso por el ardiente deseo de verla, y que, a pesar de todo, estaban dispuestos a considerarse felices con tal de que ella les concediese la oportunidad de exponerle personalmente sus cuitas amorosas.

El anciano escuchó atento sus quejas de amor, pues en el fondo sentía lástima de tan fieles pretendientes y hubiera visto con gusto a su querida hija adoptiva casada con uno de ellos. Por tanto fue a ver a la Princesa Luz de la Luna y le dijo:

-Aunque siempre me has parecido un ser celestial, me he desvelado por educarte como si fueras mi propia hija y tú te has mostrado siempre satisfecha de mi protección y de mi techo. ¿Te negarás a complacer mi deseo?

La Princesa contestó que estaba dispuesta a hacer por él todo lo de este mundo, que lo honraba y lo quería como a su propio padre y que, en cuanto a ella, no recordaba el tiempo anterior a su venida a la tierra.

El anciano experimentó una inmensa alegría al oír aquellas palabras de sumisión y entonces le confesó su vivo anhelo de verla protegida y felizmente casada antes de morir.

-Soy ya un viejo de setenta años y mi vida puede acabar de un momento a otro. Es conveniente y hasta necesario que veas a esos cinco pretendientes y elijas a uno de ellos.

-¡Oh! ¿Por qué? -exclamó la Princesa entristecida-. ¿Eso he de hacer? ¡No deseo casarme por ahora!

-Hace años- porfió el anciano -te encontré cuando eras una chiquita de solo tres pulgadas, en medio de una luz blanca muy refulgente. La luz salía de un bambú donde estabas metida y me condujo hasta tí. Por eso he pensado siempre que eras algo más que una mujer mortal. Mientras yo viva puedes permanecer soltera si ese es tu deseo, pero un día dejaré de existir y ¿quién cuidará entonces de ti? ¡Por tanto, te ruego que recibas a esos cinco jóvenes abnegados, de a uno en uno y te decidas a casarte con alguno de ellos!

La Princesa replicó que estaba segura de no ser tan hermosa como la fama quería y que si consentía en casarse con uno de los cinco jóvenes, sin que la conociesen bien antes, el pretendiente podría cambiar luego de idea. Y como ella no podía sentirse segura cerca de ellos, aunque su padre le dijese que eran unos caballeros dignos, no le parecía prudente verlos.

-Lo que tú dices está muy puesto en razón, -contestó el anciano- ¿pero a qué clase de hombres consentirías ver? No puedo considerar informales a esos cinco caballeros que han esperado durante meses. Se han pasado a la entrada de casa el invierno y el verano, privados de alimento y de descanso para conquistarte. ¿Qué más puedes pedir?

La Princesa Luz de la Luna dijo que había de poner aún a prueba el amor de los pretendientes antes de concederles una entrevista. Los cinco guerreros habían de demostrar su amor, trayéndole de lejanas tierras algo que ella deseaba poseer.

Aquella misma noche llegaron los pretendientes y se pusieron a tocar por turno sus flautas y a cantar las canciones que habían compuesto para expresar su inmenso e incansable amor. El cortador de bambúes salió a verles y les mostró su simpatía por cuanto habían sufrido y por la paciencia de que habían hecho alarde en su deseo de conquistar a su hija adoptiva. Luego les anunció que la Princesa se casaría con quien le trajese lo que ella pidiera, como prueba de su amor.

Los cinco aceptaron la prueba y la consideraron una buena medida, ya que evitaba los celos entre ellos.

La Princesa Luz de la Luna hizo saber al Primer Caballero que exigía de él que le trajese la escudilla que perteneció a Buda en la India.

Al Segundo Caballero le exigió que fuese a la montaña de Horai, que dicen que se halla en el Mar de Oriente y le trajese una rama del árbol prodigioso que crece en la cumbre. Las raíces del árbol eran de plata, el tronco de oro y las ramas estaban cargadas de frutos como gemas blancas.

Al Tercer Caballero se le exigía ir a China en busca de la rata de fuego y traer la piel.

Al Cuarto Caballero se le exigió que buscase el dragón que lleva en la cabeza la piedra que irradia cinco calores y que le trajese la piedra.

El Quinto Caballero había de buscar la golondrina que lleva una concha en el estómago y traerle la concha.

Al anciano le parecieron estos encargos de muy duro cumplir y titubeó en trasladarlos; pero la Princesa se negó a poner otras condiciones.

Sus encargos fueron comunicados palabra por palabra, a los cinco Caballeros, quienes, al enterarse de lo que se les pedía, se desalentaron y, considerándose incapaces de llevar a cabo la misión que se les encomendaba, volviéronse a sus casas, dando por perdidas sus esperanzas.

Pero al cabo de un tiempo volvieron a pensar en la Princesa y se les avivó en su corazón el amor hacia ella y todos tomaron la determinación de presentársele con lo que ella deseaba.

El Primer Caballero mandó decir a la Princesa que aquel mismo día salía en busca de la escudilla de Buda y confiaba podérselo llevar pronto. Pero le faltó valor para realizar el viaje a la India, pues en aquellos tiempos los viajes estaban llenos de dificultades y peligros y se limitó a ir a uno de los templos de Kioto y coger una escudilla de piedra que vio en un altar, pagando por ella al sacerdote una crecida suma. La envolvió en una capa de oro, esperó oculto que transcurriesen tres años y luego se la llevo al anciano.

La Princesa Luz de la Luna quedó sorprendida al saber que el Caballero había regresado tan pronto. Quitó el envoltorio de oro y esperó que la estancia se llenase de luz; pero la vasija no brillaba, por lo que dedujo que era una imitación y no la propia escudilla de Buda. La devolvió en seguida y se negó a ver al hombre. El Caballero tiró la escudilla, se marchó a su casa desesperado y ya no volvió a acariciar la idea de conquistar a la Princesa.

El Segundo Caballero dijo a sus padres que su salud necesitaba un cambio de aires, pues le avergonzaba confesarles que los dejaba por amor a la Princesa Luz de la Luna. Salió, pues, de su casa, notificando al mismo tiempo a la Princesa que emprendía el viaje hacia la montaña Horai con la esperanza de traerle la rama del árbol de oro y plata que tanto deseaba poseer. Solo permitió a sus criados que le acompañasen la mitad del viaje por tierra. Los despidió y continuó solo hasta llegar a un puerto, donde embarcó en un pequeño velero. A los tres días de navegación desembarcó y empleó a muchos carpinteros en la construcción de una casa, dispuesta de tal manera, que nadie pudiera tener acceso a ella. Allí se encerró con seis diestros orfebres que se esforzaron en labrarle una rama de oro y plata capaz de satisfacer a la Princesa como si realmente fuese arrancada del prodigioso árbol que crece en la montaña Horai. Todas las personas a quienes preguntó le contestaron que la montaña Horai pertenecía a un país fabuloso y no a la realidad.

Cuando estuvo terminada la rama, emprendió el viaje de regreso y adaptó un aspecto desastrado y de fatiga, como si llegara de muy remotos países. Colocó la rama en una caja de laca y la llevó al anciano como ofrenda a la Princesa.

El anciano se quedó decepcionado ante el mísero aspecto que presentaba el Caballero y pensó que acababa de llegar de su largo viaje con la rama, de modo que trató de persuadir a la Princesa a que lo recibiese. Pero ella guardó silencio y se quedó muy triste mientras el viejo procedía a abrir la caja y sacar la rama, ponderándola como el tesoro más prodigioso de toda la tierra. Luego habló del Caballero, de lo apuesto que era y del valor que suponía realizar un viaje a un lugar tan lejano como la montaña de Horai.

La Princesa Luz de la Luna cogió la rama y, después de examinarla atentamente, dijo que era imposible que un hombre obtuviese una rama del árbol de oro y de plata que crecía en la montaña de Horai en tan poco tiempo y con tal facilidad y le dio pena añadir que la creía artificial.

El anciano salió a ver al Caballero, que esperaba cerca de la puerta y le preguntó dónde había encontrado la rama. El pretendiente no tuvo escrúpulo en contarle una larga historia:

-Hace dos años embarqué y me hice a la vela en busca de la montaña Horai. Después de navegar viento en popa por algún tiempo, llegué a los Mares de Oriente. Entonces me sorprendió una violenta tempestad y navegué sin rumbo varios días hasta que el viento nos arrojó a una isla desconocida, habitada por demonios que al principio me amenazaban con matarme y devorarme. A pesar de todo, me hice amigo de aquellos seres horribles y acabaron por ayudar a mis marineros a reparar la embarcación. Me hice de nuevo a la mar. Se acabaron las provisiones y tuvimos que sufrir mucho a bordo a causa de enfermedades. Por fin, a los quinientos días de viaje, divisé a lo lejos, en el horizonte, un punto semejante al picacho de una montaña. Al acercamos pude ver que se trataba de una isla en cuyo centro se levantaba una montaña. Desembarqué y, después de caminar dos o tres días, vi un ser resplandeciente que venía hacia mí por la orilla, con una escudilla de oro en la mano. Me le acerqué y le pregunté si por afortunada casualidad me hallaba en la isla de la montaña de Horai. A lo que contestó:

-¡Sí, ésta es la montaña de Horai!

-Con muchas penas y trabajos llegué a la cumbre donde encontré el árbol de oro con raíces de plata que se hunden en la tierra. Las maravillas de aquella isla son tantas, que si te las hubiera de contar nunca acabaría. A pesar de mis deseos de permanecer allí mucho tiempo, apenas corté la rama emprendí el regreso corriendo. Navegando a toda vela, he tardado en volver cuatrocientos días y ya ves cómo están mis ropas de gastadas por tan largo viaje por el mar. En mi ansiedad por traer la rama a la Princesa cuanto antes, no me detuve a cambiar de ropa.

En aquel preciso momento, los seis joyeros que habían sido contratados para labrar la rama, pero a quienes el Caballero no había aún pagado, se presentaron con la pretensión de que la Princesa les pagase su trabajo. Dijeron que habían trabajado casi mil días para hacer una rama de oro con sus vástagos de plata y sus frutos de piedras preciosas, la misma que el Caballero acababa de presentar a la Princesa y por cuyo trabajo nada habían recibido. Así se descubrió el engaño de este Caballero y la Princesa, satisfecha de verse libre de otro importuno pretendiente, le devolvió encantada la rama. Llamó a los operarios y les pagó con creces el trabajo y ellos se marcharon alegres. Mas en el camino los sorprendió el fracasado pretendiente y les dio una paliza que los dejó medio muertos, por haber descubierto su secreto y solo escaparon con vida por milagro. El Caballero se volvió a casa lleno de rabia y en su desesperación al ver rechazadas para siempre sus pretensiones abandonó la sociedad de los hombres y se retiró a la vida solitaria entre las montañas.

El Tercer Caballero escribió a un amigo que vivía en la China, encargándole que le trajese la piel de la rata de fuego. Este animal tenía la virtud de poder revolcarse por el fuego sin que se le quemase un solo pelo. Prometió dar al amigo cuanto dinero éste le pidiese por el objeto deseado. Y apenas obtuvo noticia de que había entrado en el puerto el barco en que llegaba su amigo, emprendió un viaje a caballo que duró siete días para salirle al encuentro. Entregó a su amigo una crecida suma y recibió la piel de la rata de fuego. Al volver a casa puso la piel en una caja y la mandó a la Princesa, mientras esperaba afuera la respuesta.

El anciano tomó la caja de manos del Caballero y, como siempre, fue a presentarla a la Princesa, tratando de persuadirla a recibir al Caballero al momento; pero la Princesa Luz de la Luna se negó diciendo que antes probaría la piel arrojándola al fuego. Si era la verdadera piel, no se quemaría. La sacó, pues, de la caja y la echó al fuego. Pero la piel se encendió crepitando y se consumió en seguida, por lo que conoció la Princesa que aquel hombre tampoco había cumplido su palabra.

El Cuarto Caballero no era más emprendedor que los otros. En vez de realizar el viaje en busca del dragón que llevaba en la cabeza la piedra que irradiaba cinco colores, reunió a sus criados y les ordenó que fuesen a buscársela por todo el Japón y por toda la China, prohibiéndoles volver hasta que hubiesen dado con ella.

Los criados, que eran numerosos, salieron en todas direcciones, pero sin la menor intención de cumplir una orden que consideraban absurda. Sencillamente se tomaron unas vacaciones y se reunieron en un lugar de esparcimiento para darse la gran vida a costa de su caprichoso señor.

Entretanto, el Caballero, pensando que sus criados hallarían la piedra preciosa, se distrajo en restaurar su casa, dejándola como un palacio magnífico para recibir a la Princesa a quien estaba seguro de conquistar.

Transcurrido un año de anhelante espera y, en vista de que sus criados no regresaban con la piedra preciosa del dragón, empezó a desesperar.

Agotada su paciencia, se hizo acompañar de dos criados, alquiló una embarcación y ordenó al capitán que fuese en busca del dragón. El capitán y los marineros se negaron a encargarse de lo que les parecía una misión ridícula, pero el Caballero les obligó al fin a hacerse a la vela.

Pocos días llevaban navegando cuando les sorprendió una tempestad tan duradera, que cuando por fin se calmó su furia, se le habían pasado al Caballero las ganas de seguir en busca del dragón. El viento y las olas los arrojaron a la playa, pues en aquellos tiempos la navegación estaba muy poco adelantada. Cansado de tanto viaje y tantas peripecias, el cuarto pretendiente se decidió a descansar. Víctima de un fuerte enfriamiento, tuvo que ponerse en cama con la cara hinchada.

Enterado el gobernador de aquella calamidad, le envió mensajeros con una carta, invitándolo a su casa y mientras estaba allí pensando en las molestias que había sufrido, su amor a la Princesa se convirtió en odio y la culpó de todos los males que le habían sobrevenido. Imaginó que posiblemente había querido matarlo para librarse de él y para satisfacer su deseo, le había encargado aquella empresa imposible.

En esa situación de ánimo, fueron a verle los criados que él mandó en busca de la piedra preciosa y cuál sería la sorpresa de todos al ver que, lejos de ser recibidos con regaños, se les acogía con elogios. El amo les dijo que estaba cansado de aventuras y que ya no quería acercarse más por la casa de la Princesa.

Como los otros, el Quinto Caballero fracasó en su empresa, pues no encontró la concha de la golondrina.

Por aquel tiempo, la fama de la hermosura de la Princesa Luz de la Luna llegó a oídos del Emperador, quien envió una dama de la Corte a que viese si realmente era tan hermosa como se decía, pues, en tal caso, la invitaría al Palacio para hacer de ella una de las damas de honor.

Cuando llegó la dama de la Corte, la Princesa se negó a dejarse ver por ella, a pesar de los ruegos de su padre. La mensajera imperial insistió diciendo que eran órdenes del Emperador y entonces la Princesa Luz de la Luna advirtió al anciano que, si se la obligaba a ir al Palacio en obediencia a las órdenes del Emperador, desaparecería de la tierra.

Cuando el Emperador se enteró de aquella obstinada negativa en acudir a su llamamiento y de la amenaza de desaparecer de la vista si se le obligaba a obedecer, decidió ir a verla en persona. Organizó una cacería por las cercanías de la casa del cortador de bambúes, como pretexto para ver a la Princesa, comunicó al anciano sus intenciones y recibió la aprobación a su plan. Al día siguiente salió con su numeroso séquito del que le fue fácil apartarse, encontró la casa del cortador de bambúes y como todo estaba previsto, desmontó y entró sin estorbos a la cámara donde la Princesa estaba rodeada de sus doncellas.

Jamás había visto tan prodigiosa belleza y no le era posible apartar los ojos de ella, pues superaba su hermosura la que puede imaginarse en un ser humano, ya que su persona brillaba con suaves resplandores. Y cuando la Princesa Luz de Luna advirtió que un desconocido la contemplaba, trató de huir de la cámara; pero el Emperador la detuvo, rogándole que escuchara lo que tenía que decirle. Por toda respuesta, ella ocultó el rostro entre sus brazos.

El Emperador quedó rendidamente enamorado de ella y le rogó que fuese a la Corte, donde la colmaría de honores y podría satisfacer todos sus deseos. Y ya iba a ordenar que apercibiesen uno de sus palanquines imperiales para llevársela al momento, diciendo que su gracia y hermosura debían brillar en la Corte y no ocultarse en la cabaña de un humilde artesano, cuando la Princesa lo detuvo, diciendo que si la obligaba a ir a Palacio se convertiría en una sombra. Y en efecto, al decir esto, empezó a perder su forma y su rostro desapareció ante la vista del Emperador.

Éste prometió entonces dejarla en libertad si recobraba su primitiva forma, a lo que ella accedió. Era ya hora de que el Emperador volviera a reunirse con su séquito, pues todos estarían ansiosos por lo que hubiera podido pasar a su regio señor, después de tanto tiempo de haberlo perdido. Por tanto, se despidió y se alejó con el corazón traspasado. La Princesa Luz de la Luna era para él la mujer más hermosa del mundo; todas palidecían a su lado y no cesaba de recordarla noche y día. Su Majestad dedicaba la mayor parte de las horas a escribir poemas expresándole su fervoroso amor y aunque ella se negaba a dejarse ver de nuevo, le contestaba con muchos versos de su puño y letra diciéndole cortés y afablemente que nunca se casaría con ningún hombre de esta tierra. Y aquellos pequeños poemas siempre llenaban de alegría el corazón del Emperador.

Y por aquel entonces, sus padres adoptivos notaron que cada noche se sentaba la Princesa en la galería y estaba largas horas mirando a la Luna con aire del más profundo abatimiento, que siempre terminaba en un mar de lágrimas. El anciano la encontró una noche llorando de aquel modo, como si se le rompiese el corazón y le suplicó que le confesara el motivo de su pena.

Sin dejar de llorar, le dijo ella que había adivinado al suponer que no pertenecía a este mundo, que en realidad descendía de la Luna y que su permanencia en la tierra tocaba ya a su fin. El día quince de aquel mismo mes de agosto, sus amigos de la Luna bajarían a buscarla y tendría que volver. Allí estaban sus padres, pero al vivir en la Tierra los había olvidado como olvidó también el mundo lunar de donde procedía. Lloraba

-dijo- al pensar que tenía que separarse de sus buenos padres adoptivos y abandonar la casa donde tan feliz había sido durante tanto tiempo.

Cuando sus doncellas oyeron esto, se entristecieron tanto, que ni podían comer ni beber por la pena que les causaba el pensar que la Princesa las abandonaría tan pronto.

El Emperador, así que le llegó la noticia, mandó mensajeros a enterarse de si era cierto.

El cortador de bambúes salió a recibir a los mensajeros imperiales. En pocos días, se había operado un cambio en el anciano; estaba envejecido de pena y parecía tener mucho más de setenta años. Entre amargo llanto, les dijo que la noticia era por desgracia demasiado cierta; mas a pesar de todo, procuraría coger prisioneros a los enviados de la Luna y hacer todo lo posible para impedir que se llevasen a la Princesa.

Los emisarios volvieron a contar al Emperador todo lo ocurrido. El día quince de aquel mes, el Emperador envió una guardia de dos mil guerreros para que vigilasen la casa. Mil de ellos montaron la guardia en la azotea y los otros mil se distribuyeron guardando las entradas. Todos eran arqueros consumados, diestros en el manejo del arco y de la flecha. El anciano y su mujer ocultaron a la Princesa en una estancia interior.

El anciano dio la orden de que nadie durmiese aquella noche. Todos habían de ejercer en la casa una estrecha vigilancia y estar dispuestos a proteger a la Princesa. Con estas precauciones y la ayuda de la gente armada del Emperador, esperaba mantener a raya a los emisarios de la Luna; pero la Princesa le advirtió que todas aquellas medidas para retenerla serían inútiles, porque cuando su gente viniera a buscarla, nadie ni nada podría impedir que llevasen a cabo su misión. Ni los guerreros del Emperador podrían hacer nada. Y añadió con lágrimas en los ojos, que estaba apenadísima de tener que separarse de él y de su mujer a quienes amaba como a sus propios padres; que si fuera dueña de sus deseos, permanecería con ellos para acompañarlos en su senectud, procurando recompensarles la bondad con que la habían tratado durante su vida en la Tierra.

¡Y llegó la noche! La Luna amarillenta de agosto se elevó en el cielo bañando el mundo dormido con su luz de oro. El silencio reinaba en los pinares y en los boscajes de bambúes y en la azotea vigilaban los mil hombres armados.

Transcurrían las horas y la noche empezó a tomar un color gris hacia el oriente y todo parecía indicar que había pasado el peligro, que la Princesa Luz de la Luna no tendría que abandonarlos, después de todo. Y he aquí que de pronto, los guardias vieron una nube alrededor de la Luna y mientras miraban, advirtieron que aquella nube empezaba a moverse hacia la Tierra. Y cada vez la veían más cerca y todos se fijaron con desaliento que bajaba en dirección a la casa.

Al poco tiempo, el cielo quedó oscurecido por completo, hasta que por fin la nube se paró sobre el edificio, a unos diez pies del suelo. En medio de la nube había una carroza descubierta y, en la carroza, un grupo de seres luminosos. Uno de ellos, que parecía un Rey y en realidad era el jefe, bajó de la carroza y, suspendido en el aire, llamó al anciano, ordenándole que saliese.

-Ha llegado el momento -dijo-, de que la Princesa Luz de la Luna vuelva al astro de donde bajó. Cometió una grave falta y en castigo se la mandó a vivir aquí por algún tiempo. Sabemos con cuánta diligencia has cuidado de la Princesa y te hemos premiado enviándote riquezas y prosperidades. Nosotros poníamos el oro que tú encontrabas en los bambúes.

-Hace veinte años que vive conmigo la Princesa y nunca ha cometido la menor falta, de modo que no puede ser ella la señora que buscáis -replicó el anciano-. Os ruego que vayáis a buscarla a otra parte.

Entonces el mensajero gritó diciendo:

-Princesa Luz de la Luna, sal de esta humilde morada. No permanezcas aquí un momento más.

A estas palabras, las puertas de la casa se abrieron por sí solas y apareció la Princesa en todo el esplendor de su belleza.

El mensajero la condujo y la acomodó en la carroza. Ella se volvió y al ver con tristeza el hondo pesar del anciano, le dirigió frases de consuelo, repitiéndole que no lo dejaba por voluntad propia y que pensase en ella siempre que mirase a la Luna.

El pobre anciano quería acompañarla, pero no le fue permitido. La Princesa se quitó la capa bordada y se la entregó en recuerdo.

Uno de los seres que estaba en la carroza sostenía un admirable abrigo de plumas; otro llevaba un frasco lleno de Elixir de la Vida que dio a beber a la Princesa. La Princesa sorbió un poco y quería dar el resto al anciano, pero no le fue permitido hacerlo.

Ya iban a echarle a la espalda el abrigo de plumas, cuando ella dijo:

-Esperad un poco. No debo olvidar a mi buen amigo el Emperador. He de escribirle otra vez despidiéndome, mientras conservo la forma humana.

A pesar de la impaciencia de que daban muestras los mensajeros y lacayos, les hizo esperar mientras escribía. Puso el frasco del Elixir de la Vida dentro de la carta y se la dio al anciano, encargándole que la entregase al Emperador.

Entonces la carroza empezó a subir hacia la Luna y mientras todos miraban con lágrimas en los ojos a la Princesa que se alejaba, rompió el alba y, entre la rubia luz del nuevo día, la carroza y sus ocupantes, perdidos entre densas nubes, eran conducidos al cielo en alas del viento matinal.

La carta de la Princesa Luz de la Luna llegó a manos del Emperador. Su Majestad, no atreviéndose a tocar el Elixir de la Vida, lo mandó con la carta a la cima de la montaña más santa del mundo, la montaña de Fuji y allí los emisarios imperiales lo quemaron todo al salir el sol. Por eso dice aún la gente que en la cima de la montaña Fuji, se ve humo que sube hasta las nubes.

EL ESPEJO DE MATSUYAMA
(HISTORIA DEL ANTIGUO JAPÓN)

Hace muchos años vivía en la Provincia de Echigo, que aún hoy se considera una parte muy remota del Japón, un matrimonio. Este relato empieza cuando hacía varios años que estaban casados y habían recibido la bendición de una hija, que era el gozo y el orgullo de su vida y en la que depositaban todas las esperanzas de su futura felicidad.

Los días más dorados de sus recuerdos eran los que señalaban etapas del crecimiento de la niña: la visita que hicieran al templo cuando cumplió treinta días y la vistió su madre con un kimono de ceremonias para ponerla bajo el patrocinio del dios de la familia, sus primeras alegrías con las muñecas cuando sus padres le compraban juguetes cada vez que cumplía años y acaso el más grato recuerdo, era el del día en que cumplió tres años, porque le pusieron el primer obi (una ancha faja de brocado) de color escarlata y oro ceñido a su tallecito en señal de que dejaba la niñez y entraba en la edad de una niña mayor. Y ahora que tenía siete años y sabía hablar y acariciar a sus padres de aquella manera tan halagadora para el corazón paternal, parecía rebosar la copa de su felicidad. No se hubiera encontrado en todo el Imperio una familia más dichosa.

Un día se produjo en la casa un gran revuelo porque el marido acababa de ser llamado a la ciudad donde lo requerían sus negocios. En esta época de ferrocarriles, automóviles y otros medios de locomoción es difícil imaginarse las molestias que suponía un viaje de Matsuyama a Kyoto. Las carreteras eran malas y la gente hacía a pie todo el camino, aunque la distancia fuese de cien o quinientas millas. Ir en aquellos días a la capital, equivalía para un japonés a hacer hoy un viaje a Europa.

La mujer estaba muy apenada mientras disponía las cosas para tan largo viaje, pensando en las molestias que esperaban a su marido. Con gusto lo hubiera acompañado, pero la distancia era excesiva para madre e hija y, por otra parte, la obligación de la mujer era cuidar de la casa.

Ya todo estaba preparado y la familia salió a la puerta para despedirse.

-No te apures -dijo el hombre-, que pronto volveré. Mientras esté ausente, cuida de todo y especialmente de nuestra hija.

-No te preocupes por nosotras, pero tú, cuídate mucho y no tardes ni un día en volver -contestó la mujer mientras las lágrimas caían como lluvia de sus ojos.

La niña fue la única en sonreír, porque desconocía los dolores de la separación e ignoraba que un viaje a la capital fuese otra cosa que un viaje a la próxima aldea, que su padre hacía con frecuencia. Corrió a su lado y lo asió de la ancha manga, reteniéndolo un momento para decirle:

-Padre, seré muy buena mientras espero tu regreso; pero tráeme algún obsequio.

Cuando el hombre se volvió a mirar por última vez a su mujer que lloraba y a la hija que sonreía, sintió como si una fuerza misteriosa le tirase de los pelos hacia atrás; tan penoso le era dejar a los seres queridos de quienes nunca se había separado. Pero habría de partir, porque la orden no admitía dilaciones. Con un gran esfuerzo dejó de pensar y se alejó resuelto por el jardín. La madre, con la niña en brazos, salió a la puerta de la cerca y estuvo mirando al viajero, que andaba por el camino entre los pinos, hasta que desapareció en la distancia.

-Ahora que papá se ha marchado, tú y yo hemos de cuidar de todo hasta su regreso -dijo la madre mientras volvían a casa.

-Sí, seré muy buena -dijo la niña moviendo la cabecita- y cuando papá vuelva, haz el favor de decirle que me he portado bien y quizá me traiga algún regalo.

-Seguramente te traerá algo que te guste mucho. Lo se porque le he encargado que te compre una muñeca. Has de pensar en tu padre cada día y rogar para que tenga un buen viaje hasta que llegue a casa.

-¡Y qué contenta estaré cuando vuelva! -dijo la niña palmoteando y encendida de alegría solo al pensarlo. Su madre notó al contemplarla que cada día aumentaba su amor por la niña.

Luego se puso a trabajar tejiendo la ropa de invierno para los tres. Sentóse al torno a hilar las hebras para el tejido y en los descansos del trabajo dirigía los juegos de su hija y le enseñaba a leer las viejas historias de su tierra. Así se consolaba, en el trabajo, de la larga ausencia del marido y mientras el tiempo transcurría veloz en la tranquila casa, el marido ponía fin a sus negocios y emprendía el regreso.

Difícil hubiera sido, para cualquiera que no le conociese mucho, el reconocerlo. Después de caminar durante un mes, día tras día, expuesto a todas las inclemencias del tiempo, llegaba curtido y bronceado; pero su mujer y su hija lo reconocieron a primera vista y corrieron a su encuentro cada una por un lado, cogiéndolo por las mangas en un alborozado saludo. Marido y mujer se alegraron mucho al hallarse tan bien de salud. A todos les parecía haber transcurrido un siglo hasta que con la ayuda de su mujer y su hija, el hombre se quitó las sandalias de cáñamo y el enorme gorro de sombrilla y se sentó entre los suyos en la sala que tan vacía había estado durante su ausencia.

Una vez sentados sobre las blancas alfombras, el padre destapó la cesta de bambú que traía y sacó una hermosa muñeca y una caja de laca llena de pasteles.

-Aquí tienes un obsequio para ti -dijo a la niña-. Es en premio por haber cuidado de tu madre y de la casa durante mi ausencia.

-Gracias -dijo la niña humillando la frente hasta el suelo y luego alargó sus manitas para coger la muñeca y la caja, que viniendo de la capital, eran lo más hermoso que había visto. No hay palabras para expresar la alegría de la muchacha. Su carita parecía que iba a derretirse de gozo y no tenía ojos ni pensamiento para otra cosa.

El marido volvió a meter la mano en la cesta y sacó una caja cuadrada, atada cuidadosamente con cintas encarnadas y blancas y, alargándosela a su mujer, le dijo:

-Y esto para ti.

La mujer tomó la caja y, después de abrirla con cuidado, sacó un disco de metal con un mango. Por un lado brillaba como un cristal y el otro lado estaba cubierto de relieves representando pinos y cigüeñas de primorosos dibujos. En su vida había ella visto cosa parecida, porque nació y creció en la provincia rural de Echigo. Miró por el lado brillante y liso y se sorprendió al ver un hermoso rostro pintado con maravillosa perfección.

-¡Veo en este disco una cara que me mira! -dijo-. ¿Qué me has traído?

El marido se echó a reír y dijo:

-Eso que ves es tu propio rostro. Lo que te he traído es un espejo y siempre que mires en su lisa superficie, verás tu cara reflejada en ella. Aunque en estas tierras lejanas no hay otro espejo, en la capital se le utiliza desde tiempos remotísimos. Allí se le considera un objeto imprescindible para las mujeres. Hay un proverbio que dice: "Como la espada es el alma de un samurai, es el espejo, el alma de la mujer" y según la tradición popular, el espejo de la mujer refleja su corazón, pues si lo conserva limpio, es que su corazón es puro y bueno. Es también uno de los tesoros que constituyen las insignias del Emperador. Por tanto debes guardarlo bien y usarlo con mucho cuidado.

La mujer escuchó cuanto le dijo su marido, encantada de saber tantas cosas hasta entonces ignoradas y aceptó aquel regalo con la alegría que le causaba la prueba de que su marido había pensado en ella en la ausencia.

-Si el espejo representa mi alma, lo guardaré como un objeto precioso y jamás lo usaré vanamente.

Lo levantó a la altura de la cabeza en un acto de agradecimiento al regalo y luego lo metió en la caja para guardarlo.

Viendo a su marido muy cansado, le sirvió la cena y lo arregló todo para que se sintiese bien cómodo. Hubiérase dicho que aquella familia no conoció hasta entonces la verdadera felicidad, tal era la alegría que experimentaban al verse de nuevo reunidos y aquella noche el hombre les habló del viaje y de lo que había visto en la gran ciudad.

Transcurría el tiempo pacíficamente en aquella casa bendita y los padres vieron satisfechos cumplirse sus más hondos deseos cuando su hija se convirtió de niña en una hermosa doncella de dieciséis años. No se lleva en la mano una joya de inapreciable valor con más cuidado y miramiento que el que ellos pusieron en la educación de su amada hija y entonces veían premiados sus desvelos. Era un consuelo para su madre verla intervenir con gran acierto en el gobierno de la casa y su padre sentíase orgulloso de una hija que le recordaba constantemente a su mujer cuando se casaron.

Pero ¡ay!, que todo tiene fin en este mundo y ni la luna conserva su redondez ni las flores su lozanía. Y así también se vio rota la felicidad de esta familia con una gran desgracia. La buena mujer y la tierna madre cayó enferma.

Al principio creyeron que se trataba de un resfriado y no se intranquilizaron mucho; pero los días pasaban y la madre no se aliviaba sino que iba de mal en peor y el médico estaba intrigado, pues, a pesar de cuanto él recetaba, la enferma se debilitaba más cada día. El marido y la hija estaban consternados y la joven no se apartaba ni de día ni de noche del lado de su madre.

Un día que la joven estaba sentada junto al lecho de su madre, tratando de disimular, en una amable sonrisa, la honda pena de su corazón, la enferma se incorporó y cogiendo la mano de su hija y mirándola con extraordinaria ternura, le habló con respiración fatigosa:

-Hija mía, sé que nada es capaz de salvarme. Prométeme que cuando muera cuidarás a tu querido padre y procurarás ser una mujer bondadosa y honesta.

-¡Madre mía! -dijo la muchacha deshecha en un mar de lágrimas-. No digas eso. No has de hacer más que ponerte bien cuanto antes y eso nos traerá la más grande dicha a mi padre y a mí.

-Ya lo sé y lo que más me consuela en mis últimos días es saber vuestro deseo de que mejore; pero no lo veréis realizado. No te aflijas de ese modo, porque en mi anterior existencia ya estaba previsto que moriría a esta edad; sabiendo ésto, me resigno a que se cumpla mi destino. Y ahora voy a darte una cosa para que te acuerdes de mí.

Alargó el brazo y cogió una caja de madera que guardaba bajo la almohada, desató la cinta de seda que la cerraba y sacó el espejo que le había regalado el marido hacía años.

-Cuando eras muy chiquita tu padre fue a la capital y me trajo como obsequio este tesoro: es un espejo. Te lo doy antes de morir. Si cuando haya dejado esta vida te encuentras sola y deseas verme alguna vez, saca este espejo y en su lisa superficie podrás verme. Así podrás estar conmigo y comunicarme tus sentimientos y aunque no pueda hablarte, entenderé lo que me digas y te sentirás consolada en tus penas con mi presencia.

Y diciendo esto, entregó el espejo a su hija. Su alma pareció entrar en un estado de paz beatífica y, reclinando su cabeza en la almohada, entregó su alma al eterno reposo.

Los afligidos padre e hija se abandonaron a su amargo dolor sin consuelo. Les parecía imposible separarse de la mujer querida que hasta entonces fue el centro y el contento de su vida y no podían decidirse a dar sus restos a la tierra. Pero pasó aquel arrebato de dolor y el corazón de los afligidos halló la calma en la santa resignación a que estaban acostumbrados. A pesar de todo, la vida de la hija quedó desolada. Su amor a la muerta no disminuyó con el tiempo y la tenía tan presente en su memoria día y noche, que aún la lluvia y el viento se la recordaban, hablándole de lo mucho que se habían querido y acompañado. Un día en que su padre estaba ausente mientras ella cumplía con los deberes de la casa, no pudiendo soportar la soledad y la tristeza que se apoderaran de su ánimo, entró en la habitación de su madre y rompió en llanto como si el corazón se le despedazase. La pobrecilla hubiera dado cualquier cosa por una mirada de su madre, por oír una de sus tiernas palabras o por un momento de olvido de aquel doloroso vacío de su alma. De pronto resonaron en su memoria las últimas palabras de su madre, olvidadas hasta entonces, en su aflicción.

–¡Ah! Mi madre me dijo, al darme el espejo como recuerdo de despedida, que siempre que mirase en él podría verla, estar con ella. ¿Cómo he podido olvidar sus palabras en mi atolondramiento? ¡Sacaré el espejo y veré si es verdad lo que me dijo!

Se enjugó las lágrimas y se acercó al armario, de donde sacó la caja que contenía el espejo. Su corazón latía con violencia al coger el misterioso objeto y mirar su lisa superficie. ¡Oh! ¡Su madre le había dicho la verdad! En el redondo espejo veía la cara de su madre. Y ¡oh, alegre sorpresa! No era su madre enflaquecida y consumida por la enfermedad, sino la joven y hermosa mujer que recordaba del tiempo de su infancia. Y le pareció que, de un momento a otro, habría de hablarle y hasta creía oír su voz diciéndole que fuese una mujer honesta y bondadosa; tan fija y vivamente la miraban aquellos ojos del espejo.

"Estoy viendo realmente el alma de mi madre -se dijo-. Sabe que soy desgraciada y ha venido a consolarme. Siempre que desee verla, vendrá aquí a encontrarme. ¡Qué agradecida debo estarle!".

Desde entonces experimentó un gran alivio a sus penas. Cada mañana, para recobrar fuerzas con que llevar a cabo sus tareas caseras y cada noche, para consolarse antes de acostarse, sacaba la muchacha el espejo y contemplaba la imagen que, en la sencillez e inocencia de su corazón, tomaba por el alma de su madre. Y cada día se parecía más en carácter a su difunta madre y era más buena y dulce para con todos y una hija modelo para su padre.

Transcurrió un año de luto y luego, por consejo de sus parientes, el hombre se volvió a casar y su hija se halló bajo la autoridad de una madrastra. Se le creó con esto una situación enojosa, pero continuaba recordando siempre a su querida madre y procurando portarse como ésta desearía que se portase, como una joven dócil y paciente, respetuosa y cariñosa con la mujer de su padre. Reinaba en la familia una aparente tranquilidad bajo el nuevo régimen, sin que los malos vientos de la discordia agitasen la superficie de la vida ordinaria y el padre estaba satisfecho.

Pero en toda mujer existe el peligro de un carácter mezquino y ruin, especialmente en las madrastras, cuya mala disposición es proverbial y el corazón de aquélla no correspondía a las sonrisas del principio. Cuando hubieron transcurrido las semanas y los meses, empezó a tratar mal a la huérfana y a meter cizaña entre el padre y la hija.

A veces se quejaba al marido de la conducta de su hijastra, pero el padre, que ya esperaba aquel cambio, no hacía caso de sus infundadas quejas y, en vez de disminuir su afecto paternal, iba en aumento; tanto, que la mujer se percató pronto de que el padre se interesaba más que antes por su hija. Disgustada por esto, empezó a torturar su imaginación buscando la manera de expulsar a su hijastra de la casa.

La vigilaba estrechamente y un día que espió en la habitación de la muchacha, creyó descubrir una falta gravísima de qué acusarla a su padre y ella misma se asustó no poco de lo que vio.

Corrió en busca de su esposo y le dijo con amargo acento enjugándose unas lágrimas de cocodrilo:

-Permíteme que te abandone hoy mismo.

El hombre quedó sorprendido por lo inesperado de la demanda y no se explicaba a qué venía aquello.

-¿Tan mal te encuentras en mi casa -le preguntó-, que no puedes permanecer más en ella?

-No, no se trata de ti. Nunca se me ha ocurrido ni en sueños que un día desease dejarte; pero si sigo viviendo aquí corro el riesgo de perder la vida y por eso me parece mejor para todos que me permitas volver al lado de mi familia.

Y la mujer prorrumpió en llanto. Viéndola tan afligida, el hombre creyó no haber entendido bien y le dijo:

-¡Cuéntame lo que te pasa! ¿Por qué peligra aquí tu vida?

-Te lo diré, ya que quieres saberlo. Tu hija no me quiere por madrastra; hace algún tiempo permanece en su cuarto día y noche y, por lo que he podido ver al pasar, estoy convencida de que ha hecho una imagen de mí y trata de matarme por arte de hechicería llenándome de maldiciones. Como no me siento segura en esta casa, es preciso que nos separemos; no podemos vivir más tiempo bajo el mismo techo.

El marido escuchó aquella horrible historia, pero no podía creer a su hija culpable de un acto tan vil. Sabía que la gente supersticiosa creía que una persona provocaba lentamente la muerte de otra haciendo la imagen del ser odiado y llenándolo de maldiciones. Pero ¿de dónde habría podido sacar su hija el conocimiento de tamaña superstición? ¡Era imposible! Pero recordó que su hija permanecía muchas horas en su habitación, manteniéndose apartada de todos, hasta de las visitas de la casa y ahora que su mujer le decía aquello, sospechó que pudiera tener la acusación algún fundamento.

No sabiendo si dudar de su mujer o dudar de su hija, estuvo algún tiempo en angustiosa perplejidad, hasta que por fin decidió ir a ver a su hija y poner las cosas en claro. Después de tranquilizar a su esposa, asegurándole que sus temores eran infundados, se dirigió a la habitación de la muchacha.

Mucho tiempo hacía que ésta sentíase muy desgraciada. Habíase esforzado en ablandar el corazón de la mujer mostrándose obediente y amabilísima, procurando derribar ese muro de desconfianza y de prejui-

cios que se levanta generalmente entre madrastra e hijastra, pero se convenció de que todos sus esfuerzos serían inútiles. La madrastra nunca le
tuvo confianza y siempre interpretaba en mal sentido sus actos y a la
muchacha le constaba que con frecuencia llevaba a su padre chismes y
mentiras. No podía menos que comparar su vida actual con la que tenía
en vida de su madre, aún no hacía un año. ¡Qué cambio tan grande en
tan poco tiempo! Día y noche lloraba recordando sus tiempos felices y
siempre que podía, se deslizaba hasta su habitación, desplegaba el biombo, sacaba el espejo y contemplaba, según creía, el rostro de su madre. Era
el único consuelo que le quedaba en aquellos días de prueba.

Su padre la encontró en aquel acto de contemplación. Apartó un
poco el biombo y la vio inclinada sobre un objeto en el que mantenía fija
su mirada. Al levantar la cabeza para ver quién iba a estorbarla, quedó
vivamente sorprendida al hallarse ante su padre, quien siempre mandaba
a buscarla cuando quería decirle algo. También se quedó desconcertada
al verse sorprendida mirando al espejo, ya que a nadie había comunicado
la última conversación mantenida con su madre, sino que la guardó como
un secreto sagrado en su corazón. Por tanto, antes de levantarse en presencia de su padre ocultó el espejo en su ancha manga. Notando la confusión de su hija y el acto de ocultar algo, le dijo en tono severo:

-Hija, ¿qué haces aquí? ¿Y qué es eso que ocultas en la manga?- La
severidad con que le hablaba el padre asustó a la muchacha, porque
nunca le había hablado en aquel tono. De la confusión pasó al espanto y del bochorno, a la palidez. Se quedó muda, avergonzada, sin saber
qué decir.

La muchacha parecía culpable y el padre, pensando que acaso fuese
verdad lo que le dijo su mujer, le habló con aspereza:

-¿Luego es verdad que estás maldiciendo cada día a tu madrastra y
pidiendo su muerte? ¿Has olvidado que te dije que, aunque sea tu
madrastra, le debes obediencia y lealtad? ¿Qué demonio ha entrado en tu
corazón para que seas tan mala? ¡Has cambiado mucho, hija mía! ¿Cómo
te has vuelto tan desobediente y desleal?

Y al hombre se le llenaron de lágrimas los ojos al pensar que habría de
reprender a su hija de aquel modo. Ella, por su parte, no comprendía lo
que le decía, porque ignoraba la superstición, según la cual, rezando ante

una imagen, es posible provocar la muerte de la persona odiada. Pero vio que era preciso hablar y explicarse de algún modo. Amaba tanto a su padre, que no podía soportar la idea de su cólera. Le puso una mano en la rodilla en actitud de súplica y le dijo:

-¡Padre mío! ¡Padre mío! No me digas esas cosas tan horribles. Yo soy tu hija obediente, aún. Por estúpida que sea, nunca podría maldecir a nadie que te pertenezca, ni menos pedir la muerte de nadie a quien ames. Sin duda te han dicho una mentira y tú te has turbado y no sabes lo que dices o algún demonio se ha posesionado de tu alma. En cuanto a mí, no sé nada, absolutamente nada de ese acto diabólico del que me acusas.

Pero el padre recordó que había ocultado algo al entrar él y aquella misma protesta enérgica no le satisfizo. Y resolvió desvanecer sus dudas de una vez para siempre.

-Entonces, ¿por qué estás sola en tu aposento estos días? Y dime qué ocultas en la manga; quiero verlo en seguida.

La muchacha, aunque deseaba mantener secreto el fervoroso culto que rendía a la memoria de su madre, comprendió que debía decírselo a su padre para justificar su conducta. Sacó el espejo de la manga y lo puso ante él, diciendo:

-Esto es lo que miraba cuando entraste.

-¡Pero esto -exclamó el hombre con sorpresa-, es el espejo que traje como regalo a tu madre cuando fui a la capital hace muchos años! ¿Conque lo guardabas tú? Pero ¿cómo pasas tanto tiempo ante el espejo?

Le contó ella cómo su madre le había prometido al morir aparecérsele siempre que mirase al espejo. Pero el padre no llegaba a comprender que su hija fuese tan sencilla e inocente que no supiera que la imagen reflejada en el espejo era la de su propia cara y no la de su madre.

-¿Qué quieres decir? -le preguntó-. No comprendo que puedas ver el alma de tu difunta madre mirando este espejo.

-Pues así es realmente -contestó la muchacha- y si no quieres creerlo, míralo tú mismo.

Y se puso el espejo ante la cara. En la lisa superficie estaba mirando su dulce rostro. Ella indicó la imagen y dijo muy seria:

-¿Aún no me crees?

-¡Qué tonto soy! Por fin comprendo. Tu cara se parece a la de tu madre como dos gotas de agua. ¡Has estado contemplando la imagen de tu rostro todo este tiempo, creyendo que te hallabas cara a cara con tu difunta madre! ¡Es verdad que eres una hija fiel! Parece una necedad, pero no lo es, pues solo demuestra eso lo hondo de tus filiales sentimientos y la pureza de tu alma. El recuerdo incesante de tu madre ha contribuido a que fueses semejante a ella en virtud. ¡Que inteligencia demostró al recomendarte el espejo! Te admiro y te respeto, hija mía y me avergüenzo al pensar que por un momento he dado crédito a tu madrastra y he dudado de ti hasta el punto de venir a reprenderte cuando tan buena eres. Te ruego que me perdones.

Y el padre lloró pensando en lo desamparada que debía de haberse sentido su hija y en lo mucho que debió sufrir bajo el trato de su madrastra. El hecho de que su hija se hubiera mantenido fiel y sencilla en medio de tan adversas circunstancias, soportando las molestias con tanta paciencia y amabilidad, le llevaba a compararla con la flor de loto que se abre en toda su hermosura y limpieza en medio de las aguas cenagosas, emblema de los corazones que se mantienen puros entre las inmundicias de este mundo.

Ansiosa por saber lo que pasaba, la madrastra fue a espiar detrás de la puerta y no pudiendo frenar su curiosidad, llegó a empujar el biombo y se enteró de todo. En aquel momento, entró precipitadamente y cayó de rodillas en la blanca alfombra, con los brazos tendidos hacia su hijastra.

-¡Estoy avergonzada! ¡Estoy avergonzada! -exclamó con voz ronca-. No sabía que fueses una hija tan fiel. Sin ninguna culpa por tu parte, pero inducida por mi celoso corazón de madrastra, te he detestado hasta ahora. Odiándote tanto, es natural que pensase que me correspondías con el mismo sentimiento; por eso cuando te retirabas junto al espejo durante horas enteras, deduje que habías descubierto toda la profundidad de mi odio y que te disponías a vengarte tratando de quitarme la vida por arte de hechicería. Nunca, mientras viva, olvidaré el daño que te he hecho al juzgarte tan mal y al hacer que tu padre sospechase de ti. Desde hoy arrojo mi viejo y perverso corazón y lo sustituyo por otro nuevo, limpio y lleno de arrepentimiento. Te trataré como si fueses hija de mis entrañas. Te amaré y acariciaré de todo corazón, procurando resarcirte del daño que te he causado. En adelante procura olvidar lo sucedido y dame un poco de amor filial que hasta aquí has profesado a tu querida y difunta madre.

De esta manera se humilló la madrastra pidiendo perdón a la muchacha a quien tan mal había tratado; ella perdonó a su madrastra, sin que en adelante diese muestras del menor resentimiento. El padre leyó en el semblante de la mujer, que estaba sinceramente arrepentida y experimentó una gran satisfacción al ver desvanecida aquella desconfianza de la mujer por su hija.

Y desde entonces, los tres vivieron felices como el pez en el agua. Nunca más ensombreció la casa una nube molesta y la muchacha olvidó fácilmente aquel año de aflicción, en el tierno amor y el cuidado maternal con que su madrastra la trataba. Por fin hallaba el premio a su paciencia y a su bondad.

EL TRASGO DE ADACHIGAHARA

En la provincia japonesa de Mutsu había, hace mucho tiempo, una planicie llamada Adachigahara. Decía la gente que habitaba aquel paraje un trasgo antropófago que tomaba la forma de una vieja. De vez en cuando desaparecía algún viajero y ya no se le volvía a ver. Las comadres que se reunían en torno de los braseros por las tardes y las muchachas que limpiaban el arroz en las fuentes por la mañana, contaban espantosas historias de los desaparecidos, atraídos a la cabaña del trasgo y devorados, ya que solo se alimentaba de carne humana. Nadie osaba acercarse a la guarida del trasgo después de oscurecer y aun durante el día procuraban alejarse, siendo advertidos todos los viajeros, del peligro que corrían por aquellas temidas cercanías.

Un día, al oscurecer, llegó un sacerdote a la planicie. Era un viajero trasnochador y sus hábitos indicaban a un peregrino budista que iba de santuario en santuario a rezar en busca de la santidad o del perdón de sus pecados. Se había extraviado y, como era ya de noche, no encontró a nadie que pudiera mostrarle el camino o advertirle el peligro de aquellos parajes.

Después de caminar todo el día estaba cansado y hambriento y la noche de otoño era fría, de modo que tenía prisa por encontrar un albergue donde pasar la noche. Se encontró solo en mitad de la planicie y en vano miraba a todos lados en busca de un techo.

Por fin, después de errar varias horas, distinguió a lo lejos un grupo de árboles y vislumbró entre el follaje un débil rayo de luz. Y exclamó con gozo:

-¡Ah! Sin duda encontraré allí una cabaña donde pasar la noche.

Guiándose por la luz, dirigió sus cansados y doloridos pies hacia aquel lugar con toda la rapidez que le fue posible y no tardó en llegar a una mísera cabaña. Al acercarse, vio que estaba en pésimas condiciones, que la empalizada de bambú estaba rota y las hierbas y malezas lo invadían todo. Los biombos de papel que servían de ventanas estaban agujereados y los maderos de la casa se doblaban de viejos y apenas podían sostener el techo. Se abrió la puerta de aquella choza y salió una vieja a mirar, a la luz de una linterna.

Desde la empalizada la llamó el peregrino diciendo:

-¡O-Baasan (mujer anciana) buenas noches! ¡Soy un caminante! Perdóname, pero estoy extraviado y no se qué hacer, pues no tengo dónde descansar esta noche. Te ruego que tengas la bondad de permitirme pasarla bajo tu techo.

La vieja salió de la choza y se acercó al intruso.

-Lo siento por ti. Ha sido un gran contratiempo hallarte extraviado en un lugar tan desierto. Desgraciadamente no puedo darte albergue, pues no tengo cama que ofrecerte y no está la choza en condiciones para recibir a un huésped.

-Eso poco importa -dijo el sacerdote-. No quiero más que un techo bajo el cual pasar la noche y, si me haces el favor de dejarme acostar en el suelo de la cocina, te quedaré muy agradecido. Estoy demasiado cansado para seguir andando y si me rechazas habré de dormir a la intemperie.

A pesar de estas razones, la vieja no estaba bien dispuesta a acceder, mas por fin dijo a regañadientes:

-Bueno, quédate si quieres. No puedo ofrecerte una digna hospitalidad, pero entra y encenderé el fuego, que la noche es fría.

El peregrino se alegró al oír aquello. Se quitó las sandalias y entró en la choza. La vieja cogió unos sarmientos y encendió el fuego, invitando al huésped a calentarse.

-Después de tan largo viaje debes de estar hambriento -dijo la vieja-. Voy a prepararte una cena.

Puso a hervir un poco de arroz y cuando el sacerdote hubo comido, la vieja se sentó a su lado y estuvieron hablando largo rato. El peregrino se consideraba afortunado por haber encontrado una mujer tan buena y hospitalaria. Pronto se consumió la leña, se apagó el fuego y volvió el sacerdote a temblar de frío como cuando entró.

-Veo que tienes frío -observó la vieja-. Voy a salir a coger leña, pues se acabó la que teníamos. Quédate y vigila la casa mientras yo esté fuera.

-¡No! -dijo el peregrino -iré yo a traer leña, que tú eres vieja y no puedo permitir que vayas a buscarla para mí, en una noche tan fría.

La vieja movió la cabeza diciendo:

-No te muevas de aquí, que por algo eres mi huésped.

Y dicho esto, salió. Al poco rato volvió para decir:

-Has de permanecer sentado sin moverte de ahí y pase lo que pase, no te acerques ni mires al cuarto del fondo. ¡Mucho cuidado!

-Si dices que no me acerque al cuarto del fondo, no lo haré -prometió el sacerdote, algo intrigado.

Entonces la vieja se marchó definitivamente dejando solo al peregrino. La única luz de la casa era la de una linterna macilenta, porque el fuego se había apagado por completo. Por primera vez en toda la noche, le asaltó la idea de hallarse en una casa encantada y las palabras de la vieja prohibiéndole acercarse al cuarto del fondo, despertaron su curiosidad y le produjeron miedo.

¿Qué ocultaba en aquel cuarto que no quería que se acercase? El recuerdo de su promesa lo mantuvo algún tiempo inmóvil, pero llegó un momento en que no pudo resistir su tentación de mirar el interior del cuarto prohibido.

Se levantó y se acercó lentamente al cuarto del fondo. De pronto, la idea de que la vieja se enfadaría mucho con él por no obedecerla, lo hizo volver a su puesto.

Pero como el tiempo transcurría con gran lentitud y la vieja no volvía, se apoderó de él un gran miedo y una irresistible curiosidad por ver qué ocultaba aquel cuarto. Debía descubrirlo.

"No sabrá que he mirado si no se lo digo. Echaré una mirada antes que vuelva", se dijo el hombre.

Se levantó y se acercó de puntillas. Con mano temblorosa empujó la puerta corredera y miró. Se le heló la sangre en las venas al ver aquello. En el cuarto había gran cantidad de huesos humanos. Las paredes estaban llenas de salpicaduras y el suelo cubierto de sangre. En un rincón se amontonaban los cráneos hasta el techo y, en otro, los huesos de los cuatro miembros. El hedor que despedía aquello quitaba el sentido y horrorizado, muerto de miedo, cayó al suelo por no poder sostenerse. En aquella posición permaneció largo rato temblando y rechinando los dientes, incapaz de alejarse de aquella visión espeluznante.

-¡Qué horrible! -exclamó-. ¡En qué espantosa guarida he caído! ¡Si Buda no viene en mi auxilio estoy perdido! ¿Es posible que esa buena vieja sea realmente el trasgo antropófago? ¡Cuando vuelva se me presentará en su verdadera forma y me comerá de un bocado!

Esta idea le devolvió las fuerzas y, cogiendo el sombrero y la alforja, salió corriendo cuanto sus pies le permitían. Corría en la noche sin mirar dónde ponía los pies, pensando solo en alejarse del antro del trasgo. No se había alejado mucho, cuando oyó pasos detrás de él y una voz que gritaba: -¡Detente! ¡Detente!

Corrió redoblando la marcha sin hacer caso y a su espalda resonaban los otros pasos cada vez más cerca, hasta que reconoció la voz de la vieja, más recia cuanto más se acercaba:

-¡Detente! ¡Detente! Mal hombre, ¿por qué mirabas el cuarto prohibido?

El sacerdote olvidó del todo que estaba cansado y sus pies batían el suelo más veloces que nunca. El miedo le prestaba fuerzas, pues sabía que si llegaba a caer en poder del trasgo, sería una de sus víctimas. Con toda su alma repitió su oración a Buda:

-Namu Amida Butsu, Namu Amida Butsu.

Y tras él corría la espantosa bruja, con su cabello dado al viento y su rostro convertido en el de un demonio, ya que ella no era otra cosa. Llevaba en la mano un largo cuchillo ensangrentado y seguía rugiendo tras el sacerdote: -¡Detente! ¡Detente!

Por fin, cuando el sacerdote ya no podía más con sus piernas, se hizo de día y con las tinieblas de la noche desapareció el trasgo y él se supo salvado. El sacerdote comprendió que se había encontrado con el Trasgo de Adachigahara, cuya historia oyera muchas veces sin creerlo. Atribuyó su salvación a la protección de Buda cuyo favor había impetrado y por tanto, cogió su rosario, e inclinándose ante el Sol naciente, rezó sus oraciones en acción de gracias. Luego reanudó el viaje hacia otras comarcas, alejándose con satisfacción de aquella planicie habitada por un genio del mal.

LA MONA Y EL JABALÍ

Hace mucho tiempo, vivía en la provincia japonesa de Shinshin un hombre que se ganaba la vida corriendo de pueblo en pueblo con una mona y haciéndola bailar.

Una noche, el hombre llegó a casa con un humor de perros y dijo a su mujer que fuera a buscar al carnicero al día siguiente.

La mujer se quedó muy intrigada Y preguntó a su marido:

-¿Para qué quieres que vaya a buscar al carnicero?

-Ya no puedo exhibir más esta mona, es demasiado vieja y no sabe bailar. Le he roto las costillas a palos, pero no he logrado hacerle dar una voltereta. Solo me resta venderla al carnicero y sacar de ella cuanto pueda. No sirve para nada más.

La mujer sintió mucho la desgracia del pobre animal, intercedió para que su marido le conservase la vida, pero todos sus ruegos fueran inútiles, porque el marido estaba empeñado en venderla al carnicero.

La mona, que se hallaba en una habitación contigua, escuchó la conversación del matrimonio y comprendiendo que se la destinaba a la muerte, se dijo:

"¡Qué cruel es mi amo! ¡Le he sido útil durante muchos años y en vez de dejarme acabar en paz y tranquilidad los pocos años que me quedan de vida, permitirá que el carnicero me corte en pedazos y que la gente me ase y me coma! ¡Desgraciada de mí! ¿Qué he de hacer? Ya lo sé. Iré a ver al jabalí que vive en el bosque vecino. Si le cuento el apuro en que me hallo, tal vez me dé un buen consejo. Iré a probar."

No había tiempo que perder. La mona salió de la casa sin ser vista y corrió al bosque en busca del jabalí. Lo encontró en casa y la mona le contó la desgracia que le amenazaba.

-Señor Jabalí, me han dicho que tenéis un talento extraordinario. Me hallo en un gran apuro y solo vos podéis ayudarme. He envejecido al servicio de mi amo y ahora, porque no bailo a su gusto, quiere venderme al carnicero. ¿Qué me aconsejáis? ¡Me consta que sois muy listo!

Complacido y halagado en su amor propio, el jabalí decidió ayudar a la mona. Reflexionó un momento y dijo:

-¿No tiene tu amo un hijo pequeño?

-Sí -contestó la mona-, tiene un varón

-¿No duerme junto a la puerta por la mañana mientras tu ama se dedica a los quehaceres domésticos? Pues bien, me daré una vuelta por allí y aprovechando la primera oportunidad, cogeré al niño y me escapare con él.

-¿Y luego, qué?-, preguntó la mona.

-La madre se llevará un susto tremendo y antes que tus amos sepan qué hacer, tú echarás a correr detrás de mí y rescatarás el niño y lo devolverás sano y salvo a sus padres. Verás cómo se les pasarán las ganas de venderte cuando llegue el carnicero.

La mona dio mil gracias al jabalí y volvió a casa. No durmió mucho aquella noche, como podéis suponer, pensando en el día siguiente. Su vida dependía del éxito con que se realizase el plan del jabalí. Fue la primera en levantarse, esperando los sucesos con ansiedad. Le pareció que aquel día su ama tardaba en empezar los quehaceres domésticos y en abrir los póstigos para dar paso a la luz. Luego, todo sucedió según los cálculos del jabalí. La madre dejó al niño junto al portal mientras arreglaba la casa y preparaba el desayuno.

El niño perneaba felizmente y jugaba con los rayos de luz, cuando, de pronto, se oyó ruido en el portal y un chillido de la criatura. La madre salió corriendo de la cocina y llegó a la puerta a tiempo para ver al jabalí que desaparecía con el niño en los colmillos. Levantó las manos al cielo en un grito de desesperación y corrió a la alcoba donde su marido aún dormía profundamente.

El hombre se incorporó, se restregó los ojos y preguntó de mal humor a qué se debía tanto ruido. Cuando se enteró de lo que sucedía y salió con su mujer a la puerta, el jabalí corría ya lejos, pero vieron que la mona iba en persecución del ladrón con la velocidad que le permitían sus piernas.

Tanto la mujer como el hombre se quedaron admirados ante la valiente conducta de la sagaz mona y su agradecimiento fue inmenso cuando el leal animal les trajo al niño sano y salvo a sus brazos.

-¡Ya ves! -dijo la mujer-. ¡Ese es el animal que quieres entregar a la muerte! A no ser por la mona hubiéramos perdido nuestro hijo para siempre.

-Por esta vez tienes razón, mujer -contestó el hombre, mientras llevaba el niño a casa-. Cuando venga el carnicero despídelo con cualquier pretexto y ahora prepara un buen almuerzo del que pueda participar la mona.

Cuando llegó el carnicero, recibió el encargo de traer un jamón de jabalí para comer y la mona, en vez de recibir palos, recibió caricias de su amo y vivió en paz el resto de sus días.

El Cazador Feliz
y el Hábil Pescador

Hace mucho, muchísimo tiempo, el Japón estaba gobernado por Hohodemi, el cuarto Mikoto o Majestad, descendiente de Amaterasu, la Diosa Sol. No solo era hermoso como sus antepasados, sino que de una fuerza y un valor extraordinarios y tenía fama de ser el mejor cazador de la tierra. Por su destreza sin igual en la caza, se le llamaba "Yama-sachi-hiko" o "El Cazador Feliz de las Montañas".

Su hermano mayor era un pescador de habilidad extraordinaria y, como nadie podía competir con él en la pesca, se le llamaba "Umi-sachi-hiko" o "El Hábil Pescador del Mar".

Los hermanos llevaban una vida dichosa, dedicados a sus respectivas ocupaciones y los días se les pasaban tranquilos y veloces, a uno cazando y al otro pescando.

Un día, el Cazador Feliz fue a ver a su hermano el Hábil Pescador y le dijo:

–Oye, hermano; veo que cada día vas al mar con la caña de pescar en la mano y vuelves cargado de pescados. En cuanto a mí, experimento un gran placer cogiendo mi arco y mis flechas y cazando animales por montañas y valles. Hace mucho tiempo que cada uno se entrega a su ocupación predilecta y ya debemos estar cansados, tú de pescar y yo de cazar. ¿No haríamos bien en cambiar? ¿Quieres tú cazar en las montañas y yo iré a pescar en el mar?

El Hábil Pescador escuchó a su hermano en silencio y, después de pensar un rato, dijo:

-¡Ah! Sí; ¿por qué no? Tu idea no está mal. Dame tu arco y tus flechas y me iré a cazar a las montañas.

Todo quedó arreglado en un momento y cada uno de los hermanos salió a probar la ocupación del otro, bien ajenos a lo que iba a suceder. Fue una decisión imprudente por parte de los dos, pues ni el Cazador Feliz sabía nada de pesca ni el Hábil Pescador, que tenía un mal carácter, sabía gran cosa de caza.

El Cazador Feliz cogió el costoso anzuelo y la caña de su hermano y se encaminó a la playa, donde se sentó sobre unas rocas, cebó el anzuelo y lo echó al agua con torpe mano. Mantenía los ojos fijos en el corcho que flotaba zarandeándose en el agua, en espera de que un hermoso pez mordiese el anzuelo, y cada vez que el corcho parecía hundirse, levantaba la caña, pero siempre le salía el anzuelo con el cebo y sin pescado. Si hubiera sabido pescar, sin duda hubiera vuelto a casa cargado; pero aunque era el mejor cazador de las montañas, no por eso dejaba de ser el más torpe de los pescadores.

Así pasó todo el día sentado en las rocas y esperando mejor suerte. Empezó a oscurecer y llegó la noche sin que hubiera cogido un solo pez. Y cuando recogió el lizo para volver a casa, vio que había perdido el anzuelo sin que supiera cuándo se le había desprendido.

Experimentó una contrariedad extraordinaria, pues adivinaba el disgusto que produciría a su hermano la pérdida del anzuelo, que siendo único, lo estimaba sobre todas las cosas. El Cazador Feliz se puso a buscarlo por las rocas y por la arena y mientras estaba buscando de un lado a otro, su hermano, el Hábil Pescador, llegó a la playa. Se había pasado el día caminando por las montañas sin cazar nada y no solo estaba de mal humor, sino terriblemente irritado. Al ver que su hermano, el Cazador Feliz, estaba buscando por la arena, adivinó que algo malo sucedía y preguntó:

-¿Qué estás haciendo, hermano?

El Cazador Feliz se le acercó tímidamente, pues temía la cólera de su hermano y le dijo:

-Hermano mío, sin duda he cometido una torpeza.

-¿De qué se trata? ¿Qué has hecho? -preguntó el hermano mayor con impaciencia.

-He perdido tu precioso anzuelo...

Sin dejarlo acabar, su hermano prorrumpió en feroces exclamaciones:

-¡Has perdido mi anzuelo! ¡Me lo temía! Por eso, cuando me propusiste cambiar de ocupación, me resistí de pronto; pero viendo que eran tan vivos tus deseos condescendí a satisfacerlos. Ya se ve el error de probar un trabajo al que no estamos acostumbrados. Te has portado muy mal y no te devolveré el arco mientras no encuentres mi anzuelo. Procura hallarlo y devuélvemelo cuanto antes.

El Cazador Feliz se sentía culpable de aquella desgracia y soportó con paciencia la intemperancia de su hermano. Buscó el anzuelo por todas partes con suma diligencia, pero el anzuelo no aparecía y por fin abandonó toda esperanza de encontrarlo. Entonces volvió a casa y, con todo el dolor de su alma, despedazó su querida espada y sacó de ella quinientos anzuelos.

Se los llevó a su encolerizado hermano y se los ofreció pidiéndole perdón y rogándole que se dignase aceptarlos en compensación del que se había perdido. Todo fue inútil. Su hermano no quiso escucharlo ni menos aceptar el cambio.

El Cazador Feliz hizo entonces otros quinientos anzuelos y se los llevó a su hermano, suplicándole que lo perdonase.

-Aunque fabriques un millón de anzuelos -dijo el Hábil Pescador-, de nada me servirían. No te perdonaré mientras no me devuelvas el que era mío.

Nada podía calmar la cólera del Hábil Pescador, porque tenía mal corazón y odiaba a su hermano por la virtud de éste y entonces, so pretexto del anzuelo perdido, trataba de causarle la muerte y usurpar el cargo de gobernador del Japón. El Cazador Feliz sabía esto perfectamente, pero se callaba por tratarse de su hermano mayor a quien debía obediencia. Volvió, pues, a la playa y se puso a buscar de nuevo el anzuelo. Estaba muy abatido porque ya no tenía la menor esperanza de encontrarlo. Mientras estaba en la playa, absorto en reflexiones sin saber qué hacer, he aquí que se le apareció un anciano encorvado en un báculo. El Cazador Feliz, que no lo vio venir ni sabía de dónde salió, se quedó muy sorprendido al hallarse de pronto en presencia del desconocido, quien le preguntó:

-¿No eres tú Hohodemi, la Majestad, hasta ahora llamado el Cazador Feliz? ¿Qué haces solo en la playa?

-Sí, soy el mismo -contestó el desgraciado-. Mientras estaba pescando, he tenido la desgracia de perder el precioso anzuelo de mi hermano. He buscado por toda la playa repetidas veces, pero ¡ay! no he podido dar con él y estoy muy afligido porque mi hermano no me perdonará mientras no se lo devuelva. ¿Pero quién eres tú?

-Soy Shiwozuchino Okina y vivo no lejos de la playa. Siento mucho que te aflija este contratiempo y en verdad que debes estar muy ansioso; pero, si he de decirte lo que pienso, en vano buscarás por aquí el anzuelo. Estará en el fondo del mar o en las entrañas de algún pez que se lo habrá tragado y por tanto, aunque busques toda tu vida no lo encontrarás.

-Pues entonces ¿qué he de hacer? -preguntó él afligido.

-Es preferible que bajes al Rin Gu y que le expongas a Rin Jin, el Dragón Rey de los Mares, tus cuitas y le ruegues que te haga buscar el anzuelo. Creo que ese sería el camino más corto.

-Es una idea magnífica -dijo el Cazador Feliz-, pero temo que no podré llegar a los dominios del Rey del Mar, pues siempre oí decir que se halla en el fondo del agua.

-¡Oh! En cuanto al viaje no tendrás la menor dificultad -dijo el anciano-. En un momento te haré una especie de barca que te llevará velozmente por el agua.

-Gracias- dijo el Cazador Feliz-. Te quedaría muy reconocido si fueses tan amable conmigo.

El anciano se puso a trabajar al momento y no tardó en hacer una cesta que ofreció al Cazador Feliz. Éste la recibió lleno de gozo y después de echarla al agua subió a ella y se dispuso a emprender el viaje. Se despidió del amable anciano que tan gran favor le hacía y prometió recompensarlo tan pronto regresase al Japón con el anzuelo y sin temor a la cólera de su hermano. El anciano le señaló la dirección que había de seguir y después de darle instrucciones para llegar a los dominios del Rin Gu, permaneció en la playa viendo cómo su amigo se alejaba en la cesta que parecía una ligera embarcación.

El Cazador Feliz bogaba a toda la velocidad que le era posible y la extraña embarcación que le fabricó el anciano, parecía deslizarse por las aguas a su propio impulso. La distancia era más corta de lo que esperaba, pues en pocas horas llegó a la vista de las azoteas del Palacio del Rey del Mar. ¡Qué grande era el Palacio con sus numerosas azoteas y cornisas, sus enormes puertas y sus muros de granito! Las columnas de las puertas eran de coral encarnado y las hojas de las mismas estaban cuajadas de piedras refulgentes de todos los colores. Altísimos árboles "katsura" le daban sombra. Muchas veces había nuestro héroe oido ponderar las bellezas del Palacio del Rey del Mar, pero todas las descripciones palidecían ante la realidad que tenía delante.

El Cazador Feliz hubiera querido entrar en seguida, pero encontró la puerta cerrada y no vio a nadie a quien rogar que se la abriese. Se detuvo, pues, a reflexionar lo que debía hacer. Bajo el árbol que crecía junto a la puerta, encontró un pozo de agua viva y pensó que alguien saldría pronto a buscar agua. Subió al árbol y se sentó a descansar en una rama que colgaba sobre el pozo esperando acontecimientos. Y he aquí que al cabo de un rato, las pesadas puertas se abrieron dando paso a dos hermosas mujeres. El Mikoto (Majestad) sabía que Rin Gu era el dominio del Dragón Rey de los Mares y suponía en consecuencia que estaría habitado por dragones y monstruos semejantes; de modo que, al ver aquellas dos encantadoras princesas cuya hermosura no hallaba parangón en el mundo de donde acababa de llegar, se quedó extraordinariamente sorprendido, sin saber explicarse aquello.

Pero guardó silencio y se mantuvo inmóvil mirando a través del follaje en espera de lo que harían. Vio que llevaban en la mano un pozal de oro, que graciosa y lentamente, recogiéndose la cola de sus vestidos, se acercaban al pozo que se abría bajo el árbol "katsura", y se disponían a sacar agua, sin percatarse de que un forastero las contemplaba, pues el Cazador Feliz quedaba completamente oculto entre las ramas del árbol al que se había subido.

Al inclinarse las dos damas sobre el brocal para llenar los cubos de oro, cosa que hacían cada día, vieron reflejada en la lisa superficie del agua el hermoso semblante de un joven que las miraba a través del follaje. Era la primera vez que veían el rostro de un mortal y, asustadas, se retiraron apresuradamente con el cubo en la mano. Pero pronto les dio valor su misma curiosidad y levantando la vista para descubrir la causa de aquel reflejo, vieron al Cazador Feliz sentado en una rama y contemplándolas con sorpresa y admiración. Se quedaron como embelesadas mirándolo, pero en su admiración no encontraban una palabra que decirle.

Cuando el Mikoto se vio descubierto, bajó del árbol con mucha agilidad y les dijo:

-Soy un caminante y como estaba muy sediento me acerqué al pozo con el propósito de apagar mi sed, pero me faltaba un cubo con que sacar el agua. Contrariado, me he subido al árbol a esperar que viniese alguien. En ello estaba, con la impaciencia que me daba mi sed, cuando habéis venido vosotras, nobles señoras, como respondiendo a mi necesidad. Por tanto, ruego a vuestras gracias que me dejéis beber, pues soy un caminante sediento en tierra desconocida.

La dignidad y gentileza de aquel joven desvaneció el temor de las señoras, que se inclinaron en silenciosa reverencia y, hundiendo los cubos en el agua, llenaron una copa incrustada de piedras preciosas y se la ofrecieron al forastero.

La recibió él con ambas manos y se la llevó a la frente en señal de agradecimiento, respeto y satisfacción y luego bebió ansiosamente, pues era grande su sed. Cuando hubo vaciado la copa, la dejó sobre el brocal, desenvainó la espada y cortó un medallón de riquísimas incrustaciones que pendía de su cuello sobre el pecho. Puso la joya dentro de la copa y la devolvió a las mujeres mientras se inclinaba profundamente, diciendo:

-¡Una prueba de mi agradecimiento!

Las señoras recogieron la copa y, al mirar adentro para ver qué había, pues ignoraban lo que era, quedaron grandemente sorprendidas viendo que dentro de la copa refulgía una gema de incomparable belleza.

-Un triste mortal no puede desprenderse tan fácilmente de una joya tan preciosa. ¿Quieres hacernos el honor de decirnos quién eres? -preguntó la damisela de más edad.

-Con mucho gusto -dijo el Cazador Feliz-. Soy Hohodemi, el cuarto Mikoto, llamado en el Japón "El Cazador Feliz".

-¿Pero tú eres Hohodemi, el nieto de Amaterasu, la Diosa Sol? -preguntó la misma damisela-. Pues yo soy la hija mayor de Rin Jin, el Rey del Mar, y me llamo Princesa Tayotama.

-Y yo -dijo la otra doncella recobrando al fin el habla -soy su hermana, la Princesa Tamayori.

-¿Pero vosotras sois las hijas de Rin Jin, el Rey del Mar? No podría expresar la alegría que siento -dijo el Cazador Feliz. Y sin esperar que ellas replicasen, prosiguió:

-El otro día fui a pescar con el anzuelo de mi hermano y lo perdí sin que pueda explicarme de qué modo. Como mi hermano apreciaba su anzuelo más que todo lo que posee, ha sido ésta una de las mayores calamidades que pueden caer sobre mí. Si no encuentro el anzuelo, no obtendré el perdón de mi hermano que está muy encolerizado por lo que hice. Mientras buscaba el anzuelo con la mayor angustia en mi corazón, se me apareció un sabio anciano y me dijo que lo mejor que podía hacer era venir al Rin Gu a visitar a Rin Jin, el Dragón Rey de los Mares y pedir su ayuda. Aquel bondadoso anciano me enseñó el camino. Ya sabéis el motivo de mi presencia. Deseo preguntar a Rin Jin si sabe dónde está el anzuelo perdido. ¿Tendríais la amabilidad de llevarme al lado de vuestro padre? ¿Y creéis que se dignará recibirme? -preguntó el Cazador Feliz con timidez.

La Princesa Tayotama escuchó el largo relato y dijo:

-No solo te será fácil ver a mi padre, sino que estará encantado de recibirte. Segura estoy de que se tendrá por muy afortunado de que un hombre tan noble y poderoso como tú, el nieto de Amaterasu, haya venido al fondo del mar. -Y volviéndose a su hermana, añadió:

-¿No lo crees así, Tamayori?

-Sin duda alguna -contestó la Princesa Tamayori con voz dulce-. Como tú dices, no puede haber para nosotras un honor más grande que el de recibir en casa al Mikoto.

-Pues entonces tened la bondad de acompañarme -dijo el Cazador Feliz.

-Dígnate entrar, Mikoto (Majestad) -dijeron las dos hermanas, inclinándose ante él.

La menor de las princesas dejó a su hermana en compañía del Cazador Feliz y se adelantó corriendo por las habitaciones hasta llegar a la de su padre a quien contó lo sucedido, diciéndole que su hermana conducía al Mikoto a su presencia. El Dragón Rey de los Mares quedó vivamente sorprendido, pues rara vez, quizá solo una en muchos siglos, era visitado el Palacio del Rey del Mar por los mortales.

Rin Jin palmoteó llamando a todos los cortesanos y a toda la servidumbre del Palacio y a los principales peces del mar y cuando los tuvo reunidos les anunció solemnemente la llegada del nieto de la Diosa Sol, Anaterasu al Palacio, encomendándoles que atendiesen al augusto huésped con todos los honores y con extrema cortesía. Ordenó que permaneciesen todos en el Palacio para recibir al Cazador Feliz.

Rin Jin se puso los ropajes de las grandes festividades y salió a recibirlo. Un momento después, la Princesa Tayotama y el Cazador Feliz, llegaban a la puerta del gran salón y el Rey del Mar y su esposa, se inclinaron hasta el suelo por el honor de aquella visita. El Rey del Mar condujo luego al Cazador Feliz a la sala de recepción y después de hacer que se sentara en el sitial de honor, se inclinó respetuosamente ante él y dijo:

-Yo soy Rin Jin, el Dragón Rey de los Mares y ésta es mi esposa. Dígnate conservar de nosotros un perpetuo recuerdo.

-¿Conque tú eres Rin Jin, el Rey del Mar, de quien tanto me han hablado? -contestó el Cazador Feliz saludando cortésmente-. Ruégote que me perdones por las molestias que te ha causado mi inesperada visita. -Y volviendo a saludar, dio las gracias al Rey del Mar.

-No me des las gracias -dijo Rin Jin-. Soy yo quien debe agradecer tu visita. Aunque el Palacio del Mar es una casa pobre, como puedes ver, me sentiré muy honrado si te dignas prolongar tu visita.

Entre el Rey del Mar y el Cazador Feliz, hubo una gran alegría y estuvieron hablando mucho rato, hasta que el Rey del Mar dio unas palmadas y una larga procesión de peces vestidos de gran gala, acudieron sosteniendo en sus aletas, bandejas en que sirvieron los más delicados manjares del mar. Ante el Rey y su huésped, se colocó una gran comida y los peces que servían el festín estaban seleccionados entre los más distinguidos, de modo que apenas puede imaginarse la variedad de habitantes del mar, a cuál más vistoso, que desfiló ante el Cazador Feliz aquel día. Todos se desvivían por complacerle y demostrarle lo honrados que se sentían de tenerlo por huésped. Durante la comida que duró varias horas, Rin Jin ordenó a sus hijas que les dejasen oír la música y las dos Princesas entraron a tocar el "koto" (arpa japonesa) y luego cantaron y ejecutaron por turno, muy bellas danzas. Pasaba el tiempo tan agradablemente, que el Cazador Feliz olvidó sus penas y el objeto de su visita a los dominios del Rey del Mar, abandonándose a los placeres de aquella mansión maravillosa que parecía el país de las hadas marinas. Pero al fin recordó el Mikoto el objeto de su viaje a Rin Gu y dijo a su huésped:

-Acaso tus hijas te han contado, Rey Rin Jin, que he venido en busca del anzuelo de mi hermano, que perdí mientras estaba pescando el otro día. ¿Puedo esperar de ti la amabilidad de que preguntes a todos tus súbditos si han visto el anzuelo perdido en el mar?

-¡No faltaba más!- dijo el solícito Rey del Mar-. Inmediatamente los reuniré a todos para interrogarles.

Apenas hubo dado la orden de reunirse, acudieron el pulpo, la sepia, el calamar, el bonito, la anguila, la medusa, el camarón, la platija y muchos otros peces y se postraron ante Rin Jin, su Rey, poniendo en orden sus aletas. Entonces el Rey del Mar dijo con voz solemne:

-Nuestro huésped, que veis sentado ante vosotros, es el augusto nieto de Amaterasu. Se llama Hohodemi, la cuarta Majestad y también se le conoce con el nombre de Cazador Feliz de las Montañas. Mientras estaba pescando el otro día en las costas del Japón, alguien le quitó el anzuelo de su hermano. Ha venido, haciendo un gran viaje hasta el fondo del mar, porque piensa que alguno de vosotros le habrá quitado el anzuelo con el fin de jugarle una mala treta. Si alguno ha hecho eso, ya puede devolverle inmediatamente el anzuelo y si entre vosotros hay alguien que sepa quién es el ladrón, ha de decir en seguida cómo se llama y dónde se encuentra actualmente.

Todos los peces quedaron sorprendidos al oír aquellas palabras y durante algún tiempo permanecieron mudos, mirándose unos a otros y volviendo los ojos al Dragón Rey. Por fin, la sepia se destacó y dijo:

-¡Creo que el "tai" (el sargo rojo) debe ser quien ha robado el anzuelo!

-¿Qué pruebas tienes? -preguntó el Rey-. ¡Desde ayer tarde, el "tai" no puede comer nada y parece que sufre de la garganta! Por eso creo que debe tener el anzuelo en la garganta. Puedes mandarle a buscar ahora mismo.

Todos los peces se mostraron de acuerdo y dijeron:

-Es realmente extraño que el "tai" sea el único pez que no haya acudido a tu llamamiento. Dígnate hacerle venir y poner en claro la causa de su ausencia, y así podrá brillar nuestra inocencia.

-Sí -dijo el Rey del Mar-, es muy extraño que el "tai" no esté aquí, pues debía ser el primero en acudir. ¡Id al momento en su busca!

Sin esperar otra orden del Rey, la sepia había ya salido en dirección a la casa del "tai" y no tardó en volver en compañía del esperado, a quien condujo ante el Rey.

El "tai" permaneció inmóvil con cara de susto y de enfermo. Realmente sufría, pues su cara, siempre encarnada, estaba pálida y sus ojos, siempre tan abiertos, estaban casi cerrados y apenas podía mirar.

-¡Contesta, oh "tai"! -gritó el Rey del Mar-. ¿Por qué no has venido cuando os he llamado?

-Estoy enfermo desde ayer -contestó el "tai"-, por eso no he podido venir.

-¡No digas más! -gritó el Rin Jin, airado-. Tu enfermedad es el castigo de los dioses por haber robado el anzuelo del Mikoto.

-¡Nada más cierto! -dijo el "tai"-. Aún tengo el anzuelo en la garganta y todos mis esfuerzos por quitármelo han sido inútiles. No puedo comer, apenas puedo respirar y a cada momento temo que me voy a ahogar y a veces siento un gran dolor. No tenía intención de robar el anzuelo del Mikoto. Distraídamente, agarré el cebo que vi en el agua y el anzuelo se me clavó en la garganta. Por tanto te ruego que me perdones.

La sepia entonces avanzó y dijo al Rey:

-Ya ves como tenía razón. Aún está clavado el anzuelo en la garganta del "tai". Creo que tendré habilidad para sacarlo en presencia del Mikoto y entonces podremos devolvérselo sin deterioro.

-¡Anda, quítamelo ya, por favor! -gritó el "tai" con voz dolorida, pues de nuevo empezaba a sentir las molestias en la garganta-. Yo también quiero devolvérselo al Mikoto.

-Perfectamente, Tai San -dijo su amiga la sepia y abriendo cuanto pudo la boca del "tai" e introduciendo uno de sus tentáculos en la garganta, sacó el anzuelo con suma facilidad y rapidez de la boca del paciente; luego lo limpió y lo entregó al Rey.

Rin Jin cogió el anzuelo de manos de su súbdito y lo entregó respetuosamente al Cazador Feliz (el Mikoto o Majestad, como le llamaban los peces), quien experimentó una inmensa alegría al recobrarlo. No cesaba de dar gracias a Rin Jin con cara radiante de gratitud, diciendo que debía aquel éxito a su viaje, a la sabia autoridad y al buen corazón del Rey del Mar.

Rin Jin quería castigar al "tai", pero el Cazador Feliz le suplicó que no lo hiciera, pues ya que el anzuelo había sido tan felizmente recobrado, no había por qué causar más molestias al pobre "tai". Cierto que el "tai" le había quitado el anzuelo, pero ya había sufrido bastante por su falta, si falta se podía llamar. Había hecho aquello por distraerse y no con mala intención. El Cazador Feliz dijo que él era el culpable. Si hubiera sabido pescar debidamente no hubiera perdido el anzuelo y, por lo tanto, todas aquellas molestias se debían principalmente a su empeño en hacer una tarea que no sabía. Y rogó al Rey del Mar que perdonase a su súbdito.

¿Quién podía resistirse a un ruego de tan compasivo y sabio juez? Rin Jin perdonó a su súbdito a petición de su augusto huésped. El "tai" estaba tan contento, que sacudió sus aletas en señal de alegría y todos los peces salieron de la presencia del Rey, elogiando las virtudes del Cazador Feliz.

Una vez encontrado el anzuelo, ya nada retenía al Cazador Feliz en Rin Gu y anhelaba volver a su propio reino y hacer las paces con su iracundo hermano, el Hábil Pescador; pero el Rey del Mar, que le había tomado afecto y le hubiera gustado aceptarlo como hijo, le suplicó que no se marchase tan pronto y que permaneciese en el Palacio del Mar como en su propia casa, tanto tiempo como gustase. Aún dudaba el Cazador Feliz en aceptar tan cordial invitación cuando las dos encantadoras princesas, Tayotama y Tamayori, vinieron a unir sus dulces y persuasivas súplicas a las de su padre, invitándole a quedarse; de modo que no le fue posible negarse, sin pasar por descortés, a permanecer allí por algún tiempo.

Entre los Reinos del Mar y de la Tierra no hay diferencia en el correr del tiempo y el Cazador Feliz notó que se le pasaron tres años con extraordinaria rapidez en aquel país delicioso. Los años transcurren veloces para quien se siente dichoso. Pero aunque cada día parecían aumentar los encantos de aquella tierra maravillosa y el Rey del Mar cada vez se mostraba más amable, el Cazador Feliz sentía más honda la nostalgia de su país y era mayor su anhelo por saber qué habría sucedido en su patria y a su hermano durante su ausencia.

Por fin fue a ver al Rey del Mar y le dijo:

-Me he sentido muy dichoso en vuestra compañía y estoy muy agradecido a todas vuestras bondades, pero tengo a mi cargo el gobierno del Japón y por delicioso que sea este país, no puedo estar siempre ausente del mío. Además, he de devolver el anzuelo a mi hermano y pedirle perdón por haberle privado de él tanto tiempo. Siento muchísimo despedirme de vosotros, pero ya no puedo esperar más. Con vuestro permiso, partiré hoy mismo. Espero haceros algún día otra visita. Por favor os pido que no me retengáis un momento más.

El Rey Rin Jin se sintió invadido de una inmensa pena al pensar que había de separarse de un amigo cuya presencia tanto regocijo causaba en el Palacio del Mar y lloraba a lágrima viva mientras contestaba:

-Sentimos muchísimo separarnos de ti, Mikoto, porque tu presencia nos causa mucha alegría. Eres un noble y honorable huésped y te recibimos cordialmente. Comprendo que para gobernar el Japón debes estar allá y no aquí y que es, por lo tanto, inútil tratar de retenerte entre nosotros por más tiempo. Espero que no nos olvidarás. Circunstancias extrañas nos han reunido y confío en que la amistad así establecida entre la Tierra y el Mar, se mantendrá cada vez más estrecha.

Cuando el Rey del Mar acabó de hablar, pidió a sus dos hijas que trajesen las joyas de la marea. Salieron ellas y cuando regresaron, llevando cada una en la mano una piedra, la estancia se llenó de luz. El Rey del Mar las tomó y dijo a su huésped:

-Estos dos preciosos talismanes los heredamos de nuestros antepasados de tiempo inmemorial. Os los damos como despedida, como prenda del afecto que os tenemos. Estas dos gemas se llaman la "Nanjiu" y la "Kanjiu".

El Cazador Feliz se inclinó hasta el suelo y dijo:

-Nunca os agradeceré bastante vuestra amabilidad. ¿Queréis añadir ahora un favor a todos los que me habéis concedido, explicándome qué son estas joyas y qué debo hacer con ellas?

-La "Nanjiu"-contestó el Rey del Mar-, se llama también la Joya de la Pleamar y quien la posee puede ordenar al mar que suba e inunde la tierra, siempre que quiera. La "Kanjiu" se llama también la Joya de la Bajamar y es la piedra que contiene al mar y a las olas y hasta puede hacer retroceder un desbordamiento de la marea.

Rin Jin enseñó entonces a su amigo el modo de usar los talismanes y se los entregó. El Cazador Feliz recibió con muestras de alegría las dos maravillosas gemas: la Joya de la Pleamar y la Joya de la Bajamar, pensando que podrían librarlo de enemigos en un momento dado y después de reiterar las gracias a su amable huésped, se preparó a partir. El Rey del Mar y las dos Princesas, Tayotama y Tamayori, salieron a despedirle y aún resonaban las voces del último adiós, cuando el Cazador Feliz atravesó el portal y pasó junto al pozo de tan grata memoria, camino del embarcadero.

Pero en vez de la mágica cesta en que había realizado el viaje al Reino de Rin Gu, encontró, esperándole, un enorme cocodrilo. Nunca había visto un animal tan grande. Medía ocho brazos desde el extremo de la cola hasta el extremo de la cabeza. Tenía órdenes del Rey del Mar para llevar al Cazador Feliz al Japón y, como la cesta que Shiwozuchino Okina le construyera, podía hacer el viaje con más rapidez que cualquier embarcación. Y así, sentado en la espalda del gigantesco cocodrilo, el Cazador Feliz realizó el viaje de regreso a su patria.

Apenas el cocodrilo lo dejó en tierra, el Cazador Feliz se apresuró a comunicar al Hábil Pescador su feliz regreso y le devolvió el anzuelo encontrado en la bota del "tai" y que había sido causa de la discordia entre ellos y pidió formalmente a su hermano que lo perdonase, contándole cuanto había sucedido en el Palacio del Rey del Mar.

Pero el Hábil Pescador se había valido del anzuelo para alejar a su hermano del país y cuando vio que su hermano no volvía, se alegró en el fondo de su corazón y le usurpó el cargo de gobernador del país, adquiriendo poder y riquezas. Y he aquí que cuando gozaba de lo que no le pertenecía y pensaba que su hermano no volvería a reclamar sus derechos, se le presentaba inesperadamente el Cazador Feliz.

El Hábil Pescador fingió perdonarlo, ya que no tenía otra excusa para alejar de nuevo a su hermano, pero en el fondo lo odiaba más que antes;

hasta que se le hizo insoportable su presencia y resolvió aprovechar la primera coyuntura para matarlo.

Un día, cuando el Cazador Feliz paseaba por los campos de arroz, su hermano lo siguió con una daga. El Cazador Feliz comprendió que su hermano lo seguía con el propósito de matarlo y pensó que en aquella hora de peligro se le presentaba ocasión de utilizar las Joyas de la Pleamar y de la Bajamar, probando así si era verdad lo que le dijera el Rey del Mar.

Sacó del bolsillo la Joya de la Pleamar y la levantó a la altura de su frente. Inmediatamente subió el mar en tumultuoso oleaje por los campos y por las granjas, inundándolo todo. El Hábil Pescador se quedó sobrecogido de espanto al ver aquello y en seguida se encontró braceando en el agua y pidiendo socorro a su hermano. El Cazador Feliz tenía un corazón de oro y no pudo soportar la vista de su hermano en tal peligro de ahogarse. Escondió, pues, la Joya de la Pleamar y sacó la de la Bajamar. Tan pronto la levantó a la altura de su frente, el mar retrocedió en grandes oleadas y apareció la tierra de los campos y las granjas, enjuta como antes.

El Hábil Pescador estaba tan asustado ante el peligro que acababa de correr, como maravillado al ver el prodigio que obraba su hermano. Entonces comprendió el gran error cometido al oponérsele, pues aunque era más joven que él, había adquirido tal poder, que hasta el mar obedecía a su voluntad. Se humilló ante su hermano y le rogó que le perdonase por todo el mal que le había hecho; le prometió devolverle todos sus derechos y juró que aunque el Cazador Feliz fuese el hermano menor y le debiese obediencia por derecho de nacimiento, él, el Hábil Pescador, lo honraría y se inclinaría ante él, reconociéndolo como Señor de todo el Japón.

El Cazador Feliz prometió perdonar a su hermano si éste arrojaba al mar en reflujo todas sus malas pasiones. El Hábil Pescador se lo prometió y desde entonces reinó la paz entre los dos, pues mantuvo su palabra y en adelante fue un buen hombre y un buen hermano.

El Cazador Feliz gobernó su reino sin disturbios ni discordias de familia y en el Japón reinó la paz durante mucho tiempo.

El Hombre que Hacía Florecer los Árboles Muertos

En tiempos muy remotos vivía un matrimonio anciano que se mantenía cultivando una pequeña parcela de su propiedad. Había transcurrido su vida en paz y alegría y solo se proyectaba en su alma una nube de tristeza por falta de descendencia. Su único consuelo era un perrito llamado Shiro en el que ponían todo el afecto de su vejez. Tanto lo querían, que cuando tenían un bocado exquisito se privaban de él para darlo al perro. Lo llamaban Shiro, que quiere decir blanco, porque era de una blancura inmaculada. Era un perro japonés de pura raza y muy parecido a un lobezno.

La hora más feliz para el hombre y su perro era cuando aquél volvía del trabajo y después de haber comido su frugal cena compuesta de arroz y algunos vegetales, apartaba algo bueno que luego se llevaba a la galería de su casa. Shiro siempre esperaba allí a su dueño y la golosina que le traía. El viejo le decía: "¡Chin, chin!" y el perro se levantaba sobre sus patas traseras en actitud de mendigar y su amo le daba entonces la comida. En la casa contigua vivía otro viejo matrimonio y hombre y mujer eran malvados y crueles y odiaban a sus vecinos y al perro Shiro con toda su alma. Siempre que Shiro iba a husmear a su cocina, lo alejaban a puntapiés o tirándole algo y a veces hasta lo herían.

Un día, Shiro empezó a ladrar en el jardincillo que su amo tenía detrás de la casa. El hombre, pensando que algún pájaro se le estaba comiendo el grano, corrió a ver qué pasaba. En cuanto Shiro vio a su amo, fue a su encuentro moviendo el rabo y, cogiéndolo por un extremo del "kimono", lo condujo bajo un corpulento árbol "yenoki". Allí se puso a escarbar afanosamente con sus patas, sin cesar de gruñir de alegría. El anciano, sin poderse explicar qué significaba aquello, se quedó contemplando con rostro perplejo aquella operación. Pero Shiro seguía ladrando y ahondando con toda su alma.

Por fin se le ocurrió al hombre la idea de que bajo el árbol podía ocultarse algo que el perro olía. Fue a buscar una azada y se puso a cavar la tierra. ¡Y cuál no sería su sorpresa, cuando después de ahondar un poco, encontró un montón de monedas de oro y otros metales preciosos! Tan absorto estaba el hombre en su trabajo, que no advirtió que su vecino le observaba con cara de envidia por el seto de bambúes. Por fin, todas las monedas brillaban en el suelo, desenterradas y Shiro se mantenía erguido, mirando a su amo con orgulloso afecto, como si le dijese:

"Ya ves que, aunque sea un perro, puedo recompensarte la amabilidad que me dispensas".

El hombre fue a buscar a su mujer y transportaron a casa aquel tesoro. Y en un día, el pobre se hizo rico. Su agradecimiento al perro fiel no tenía límites y lo trataba con más cariño que antes, si esto era posible.

El perverso vecino, atraído por los gañidos de Shiro, había sido un inadvertido y envidioso testigo del hallazgo del tesoro y empezó a pensar que también él podía hallar una fortuna. Y en efecto, pocos días después fue a ver al vecino y con palabras corteses le pidió que le prestase a Shiro por algún tiempo.

El amo de Shiro consideró aquella petición muy extraña, porque sabía muy bien que su vecino no solo no quería a su perrito, sino que lo maltrataba siempre que se le cruzaba en el camino. Pero el anciano era demasiado bondadoso para negar a su vecino un favor y consintió en dejarle el perro, a condición de que lo tratase amorosamente.

El mal hombre volvió a su casa con una sonrisa diabólica y anunció a su mujer el éxito de su visita. Luego cogió el azadón y se marchó a su campo obligando a Shiro a seguirle. Al llegar bajo un árbol "yenoki", dijo al perro en tono de amenaza:

-Si había monedas de oro bajo el árbol de tu amo, también las habrá bajo mi árbol. ¡Búscamelas! ¿Dónde están? ¿Dónde? ¿Dónde?

Y cogiendo al animal por el cuello, le restregaba el hocico contra el suelo, de modo que el perro, para librarse de aquella molestia y del dolor que le causaba el puño de aquel malvado, comenzó a arañar la tierra.

El hombre se puso muy contento viendo que el perro escarbaba y abría un hoyo, pues pensó que también bajo su árbol había monedas de oro y que el perro las había olido. Por lo tanto empujó a Shiro a un lado y empezó a cavar él, pero sin resultado alguno. Ya estaba cansado cuando percibió un olor nauseabundo y por fin puso al descubierto un montón de basura.

Podéis imaginaros el disgusto que tuvo el hombre, un disgusto que se tradujo en cólera. Él, que fue testigo de la buena suerte de su vecino y que después de pedirle prestado el perro se creía ya en posesión de una fortuna, después de trabajar toda la mañana, se encontraba con un montón de basura en premio a sus esfuerzos. Pero en vez de culparse a sí mismo por su estupidez, echó las culpas al perro y levantando el azadón, lo descargó sobre la cabeza del pobre Shiro y lo mató. Entonces arrojó el perro al hoyo donde creyó hallar su fortuna y lo cubrió de tierra. Y volvió a su casa sin decir a nadie, ni aun a su mujer, lo que había hecho.

Al cabo de unos días, viendo que Shiro no volvía, su amo empezó a estar intranquilo. Pasaban los días y el buen hombre esperaba en vano. Por fin fue a casa de su vecino y le reclamó el perro. Sin ambages ni rodeos, ya que era un sinvergüenza, su vecino le contestó que lo había matado por su mal comportamiento. Al oír tan triste nueva, el amo de Shiro prorrumpió en amargo llanto. Grande fue su dolorosa sorpresa, pero era demasiado bueno para recriminar a su vecino y al saber que su perro estaba enterrado bajo un árbol, le rogó que le diera el árbol en recuerdo de su pobre Shiro.

Por malo que fuese el vecino, no podía negarle tan poca cosa y accedió a que el anciano arrancase el árbol bajo el que estaba enterrado Shiro. El amo de Shiro, pues, derribó el árbol y se lo llevó a casa. Del tronco hizo un mortero. En el mortero puso su mujer unos puñados de arroz y empezó a molerlo para hacer unos pasteles con que celebrar el banquete fúnebre en memoria de su perro Shiro.

¡Y sucedió algo prodigioso! La mujer puso el arroz en el mortero y no bien procedió a machacarlo, empezó a aumentar como si hubiera puesto cinco veces más y los pasteles saltaban del mortero como si los arrojase una mano invisible.

Cuando el anciano y su mujer vieron eso, comprendieron que era el premio que otorgaba Shiro al amor que le tenían. Probaron los pasteles y nunca habían gustado nada más delicioso. Desde entonces, ya no se preocuparon más por la comida, pues vivían de los pasteles que el mortero siempre les proveía en abundancia.

El ambicioso vecino, enterado de aquella nueva ventura y muerto de envidia, fue a ver al anciano y le pidió prestado el prodigioso mortero por poco tiempo, so pretexto de que, apenado por la muerte de Shiro, deseaba también celebrar un banquete en su memoria.

El buen anciano no quería acceder a la petición de su cruel vecino pero era demasiado bueno para negarle nada y el envidioso volvió a casa con el mortero, pero no lo restituyó.

Pasaron algunos días y el amo de Shiro esperó en vano el mortero, de modo que tuvo que ir a rogar a su vecino que tuviese la bondad de devolverle el mortero si ya no lo necesitaba. Lo encontró al lado del fuego, que alimentaba con trozos de madera. Aún se veían en el suelo algunas trozos que parecían del mortero hecho pedazos. En contestación a la reclamación del anciano, el malvado vecino replicó con insolencia:

-¿Vienes a pedirme el mortero? Lo hice pedazos y ahora sirve para calentarme, pues cuando traté de moler el arroz en él, solo salió un olor nauseabundo.

El buen anciano dijo:

-¡Cuánto lo siento! ¿Por qué no me pedías pasteles, si tanto te gustaban? Te hubiera regalado cuantos hubieses pedido. Dame las cenizas del mortero, que deseo conservarlas en recuerdo de mi perro.

El vecino accedió al momento y el buen anciano volvió a su casa con una cesta de cenizas.

Poco después el anciano esparció como por casualidad un poco de cenizas del mortero por los árboles de su jardín. ¡Y sucedió algo maravilloso!

Estaba muy avanzado el otoño y todos los árboles habían perdido las hojas, pero apenas las cenizas tocaron sus ramas, los cerezos, los manzanos y todos los árboles que echan flor, florecieron prodigiosamente, de modo que el jardín del anciano quedó en un momento transformado en un encantador paisaje de primavera. Es indescriptible el gozo que experimentó el buen hombre y no es de admirar que guardase cuidadosamente las cenizas que le quedaban.

La noticia del maravilloso jardín se difundió por toda la comarca y de cerca y de lejos, venía la gente a contemplar aquel admirable espectáculo.

A los pocos días oyó el anciano que llamaban a la puerta de su casa y al salir a ver quién era, quedó sorprendido ante la presencia de un Caballero. El Caballero le dijo que era un dignatario del gran Daimio (Conde); que uno de los cerezos predilectos del jardín de aquel noble se había secado y que por más que hacían los jardineros para reavivarlo, nada lograban. El

Caballero estaba apenado al ver el disgusto que causaba al Daimio la muerte de su cerezo predilecto; pero, afortunadamente, había llegado o sus oídos la noticia de un anciano que tenía la virtud de hacer florecer los árboles secos y su señor lo mandaba para rogar al anciano que fuese a su casa.

-Y si venís en seguida -añadió el Caballero-, os estaré muy reconocido.

Con gran sorpresa oyó aquello el anciano y respetuosamente siguió al Caballero al Palacio del noble.

El Daimio, que esperaba impaciente la llegada del anciano, apenas lo vio, le preguntó:

-¿Eres el anciano que hace florecer los árboles aun en otoño?

El anciano hizo una reverencia y contestó:

-Yo soy ese anciano.

El Daimio entonces dijo:

-Haz que este cerezo muerto florezca al contacto de tus famosas cenizas. Vamos a verlo.

Y todos fueron al jardín: el Daimio y sus dignatarios y las damas de compañía, que llevaban la espada del Daimio.

El anciano se quitó el kimono y se dispuso a subir al árbol. Después de pedir perdón, cogió el pote de las cenizas que había traído consigo y empezó a subir al árbol y todos observaban sus movimientos con gran interés.

Por fin llegó a la altura donde el árbol se bifurcaba y apoyándose bien, esparció las cenizas por todas las ramas.

¡El efecto no pudo ser más sorprendente! ¡El árbol seco prorrumpió en una florescencia copiosa! El Daimio se entregó a tal transporte de alegría, que parecía volverse loco. Se levantó y agitó su abanico gritando al anciano que bajase del árbol y él mismo le sirvió una copa llena del mejor sake y lo premió con mucha plata y oro y otras cosas preciosas. El Daimio ordenó que en adelante se le llamase Hana-Saka-Jijii, o "El anciano que hace florecer los árboles" y que en adelante todos lo reconocieran por aquel nombre y lo despidió colmado de honores.

El mal vecino volvió a enterarse de la nueva ventura del buen anciano y de que todas las cosas le salían a pedir de boca y la envidia y los celos le devoraban las entrañas. Recordó con rabia que él había fracasado en sus propósitos de encontrar las monedas de oro y de hacer pasteles; mas ahora, fácil le sería imitar al anciano que hacía florecer los árboles secos tirándoles cenizas. No había cosa más sencilla.

Puso, pues, manos a la obra y recogió toda la ceniza que quedaba del mortero en el hogar. Entonces salió a la calle en espera de encontrar algún potentado que necesitase sus servicios, gritando como un pregonero mientras andaba:

-¡El hombre admirable que hace florecer los árboles secos! ¡El hombre admirable que hace florecer los árboles secos!

El Daimio oyó este pregón desde su Palacio y dijo:

-Ahí pasa el Hana-Saka-Jijii. Nada tengo que hacer hoy. Voy a probar otra vez su virtud. Me divertiré viéndolo.

Salieron los criados y condujeron al impostor ante su señor. La satisfacción del falso anciano era indescriptible.

Pero el Daimio, al fijarse en él, se le hizo extraño que no se pareciese al anciano que había visto, por lo que le preguntó:

-¿Eres tú el hombre a quien llamé Hana-Saka-Jijii?

Y el envidioso vecino contestó mintiendo: -¡Sí, señor!

-¡Es raro! -dijo el Daimio-. ¡Creí que no había más que un Hana-Saka-Jijii en el mundo! ¿Ya tiene discípulos?

-Yo soy el verdadero Hana-Saka-Jijii. ¡El que vino antes no era más que mi discípulo! -replicó el viejo.

-Así que debes ser más diestro que el otro. Danos una prueba de lo que sabes hacer. Veamos.

El envidioso vecino, seguido del Daimio y de toda la Corte, bajó al jardín y acercándose a un árbol muerto, cogió un puñado de cenizas y la esparció por las ramas.

Pero ni floreció el árbol ni salió un triste renuevo. Pensando que había echado poca ceniza, el viejo la lanzó a puñados, pero sin otro resultado que el meterla en los ojos del Daimio, el cual se enfureció y ordenó a sus criados que detuviesen al falso Hana-Saka-Jijii y lo llevasen inmediatamente a la cárcel, por impostor. Y el viejo malvado ya no recobró más la libertad. Así halló el castigo merecido por todas sus maldades.

El buen anciano, en cambio, con el tesoro que Shiro le había encontrado y con todo el oro y la plata que el Daimio le había regalado, fue un hombre rico y prosperó y vivió aún largos años felizmente querido y respetado por todos.

EL OGRO DE RASHOMON

Hace muchos siglos, los habitantes de la ciudad de Kioto vivían ame-
drentados por lo que se contaba de un horrible ogro que rondaba por la
Puerta de Rashomon desde el oscurecer y atrapaba a cuantos pasaban por
allí. Las víctimas desaparecían sin que nadie volviese a verlas y esto hizo
pensar que, no contento con matar a sus víctimas, las devoraba. En la
ciudad reinaba el pánico y nadie osaba salir ni acercarse a la Puerta de
Rashomon desde la puesta del sol.

En aquel tiempo vivía en Kioto un general llamado Raiko, que se
había hecho famoso por sus proezas. Poco antes había corrido su nombre
de boca en boca por toda la comarca con su toma de Oeyama, donde
vivían con su jefe una banda de ogros, que en vez de vino bebían sangre
humana y él los derrotó decapitando a su monstruoso jefe.

Seguía al bravo guerrero un grupo de fieles caballeros entre los que
descollaban cinco, por su gran valor. Una noche estaban los cinco valientes remojando con abundante sake una opípara cena que prolongaban
haciendo comentarios respecto a la salud y a las hazañas de unos y otros,
cuando el primer caballero dijo:

-¿Habéis oído hablar del ogro que ronda cada noche por la Puerta de
Rashomon y se lleva a todos los que pasan por allí?

El segundo caballero, Watanabe, le contestó diciendo:

-¡No digas tonterías! ¡Todos los ogros murieron a manos de nuestro
jefe Raiko en Oeyama! ¡Eso no puede ser verdad, pues aunque hubieran
escapado algunos de aquella matanza, no se atreverían a mostrarse en la

ciudad, sabiendo que nuestro bravo señor los atacaría al saber que quedaba alguno vivo!

-¿Así que no crees lo que te digo y piensas que os cuento una mentira?

-No, no creo que tú digas mentiras -contestó Watanabe-, pero pienso que estás repitiendo el cuento de alguna vieja poco digna de crédito.

-Pues entonces, lo mejor sería que probases lo que digo, yendo tú mismo a ver si es verdad o es mentira -dijo Hojo.

Watanabe, el segundo caballero, no podía tolerar que sus compañeros creyesen que tenía miedo y se apresuró a replicar:

-Tienes razón. ¡Ahora mismo voy a verlo!

Y en efecto, Watanabe se puso la armadura, se ciñó la espada y se dispuso a partir, diciendo a sus compañeros:

-¡Dadme algo para que pueda probaros que estuve allí!

Uno de los caballeros sacó entonces un pliego de papel y su cajita de tinta china con pincelitos y los cuatro firmaron el papel.

-Me lo llevaré -dijo Watanabe- y lo fijaré en la Puerta de Rashomon para que mañana podáis verlo vosotros. Es posible que entonces haya capturado ya un par de ogros. -Y montando a caballo salió a galope.

Era una noche muy negra y ni la luna ni las estrellas alumbraban el camino de Watanabe. Y a las tinieblas se añadió una espantosa tormenta; llovía a mares y el viento rugía como los lobos de la montaña. Cualquiera hubiese temblado a la idea de salir de la ciudad, pero Watanabe era un guerrero intrépido y su palabra de honor estaba empeñada. Se alejó a toda velocidad, mientras sus compañeros escuchaban el ruido de los cascos de su caballo que se perdía en la distancia y luego cerraban las ventanas y se agrupaban junto al fuego, preocupados por lo que podía pasar y dudando otros, de que su amigo encontrase alguno de aquellos ogros.

Llegó por fin Watanabe a la puerta de Rashomon, mas por mucho que esforzó su vista en las tinieblas de la noche, no logró ver ni asomos de un ogro.

"Ya me lo temía -dijo para su capote-. Aquí no hay ogro ni cosa que se le parezca; todo ha sido un cuento de viejos. Fijaré el papel en la puerta, para que cuando vengan aquéllos mañana, vean que he pasado realmente por aquí y luego me iré a casa riéndome de ellos."

Clavó, pues, el papel firmado por todos sus compañeros y volvió grupas hacia su casa.

Pero apenas lo hizo, advirtió que alguien le seguía y al mismo tiempo, oyó una voz que le ordenaba detenerse. Inmediatamente se sintió agarrado por el morrión.

-¿Quién eres?, -preguntó Watanabe sin miedo y agitó la mano alargada en las tinieblas para palpar al que lo agarraba por el morrión. Y he aquí que tocó algo que parecía un brazo peludo y recio como el tronco de un árbol.

En seguida comprendió Watanabe que se trataba del brazo de un ogro. Empuñó resueltamente la espada y lo cortó de un tajo.

Se oyó un grito estridente de dolor y el ogro apareció delante del guerrero.

Watanabe abrió unos ojos de pasmo al ver que el ogro era más alto que la puerta y sus ojos destellaban como dos espejos que reflejan el sol y su boca se abría como una caverna y al respirar salían llamas de su pecho.

El ogro intentaba amedrentar a su enemigo, pero Watanabe no se inmutó. Embistió al ogro con todo su ardimiento y se produjo, entre los dos, una lucha que duró algún tiempo; hasta que viendo el ogro que no podía atemorizar ni abatir a Watanabe y que éste era capaz de vencerlo, se dio a la fuga. Pero Watanabe, resuelto a no dejar escapar al ogro, espoleó a su caballo y salió en su persecución.

Pero, si el jinete corría, el ogro volaba, hasta que el guerrero se desanimó, considerándose incapaz de alcanzar al monstruo, el cual no tardó en perderse de vista.

Watanabe volvió al lugar de la singular pelea y al desmontar, tropezó con un objeto abandonado en el suelo.

Se agachó a recogerlo y vio que era el brazo que había cortado al ogro durante la lucha. Grande fue su alegría al verse en posesión de aquella presa que sería la mejor prueba de su aventura con el ogro. Lo guardó cuidadosamente y se lo llevó a casa como un trofeo.

Lo primero que hizo fue enseñarla a sus camaradas, que unánimemente lo proclamaron héroe del grupo en un gran banquete que celebraron en su honor. La noticia de tan singular proeza se propaló por toda la ciudad de Kioto y de cerca y de lejos acudía la gente a ver el brazo del ogro.

Watanabe empezó a inquietarse respecto a la manera de guardar el brazo bien seguro, pues sabía que el ogro estaba aún con vida y no cabía duda de que, un día u otro, cuando se restableciese de la herida, trataría de reconquistarlo. Watanabe se hizo construir una caja de la madera más fuerte y guarnecida de hierro, guardó allí el brazo y cerró la tapa con cerrojos, negándose a abrirla para nadie. Colocó la caja en su aposento y la vigiló él mismo sin permitir que nadie la viera.

Y sucedió que una noche llamaron a la puerta de su casa pidiendo permiso para entrar.

Cuando el criado salió a ver, se encontró con una anciana de respetable aspecto que, a las preguntas de quién era y qué deseaba, contestó sonriendo que era la nodriza que crió al dueño de la casa, a quien deseaba ver si estaba y se le permitía entrar.

El criado la dejó en la puerta y fue a comunicar al amo que su nodriza había venido a verle. Mucho sorprendió a Watanabe que su nodriza fuese a verle a esa hora de lo noche; pero recordando que fue para él como una madre adoptiva y que hacía tanto tiempo que no la veía, se le enterneció el corazón y ordenó al criado que la hiciese pasar.

La anciana fue conducida al recibimiento y después de las cortesías y saludos de costumbre, dijo:

-Señor, tanto ha corrido la fama de tu lucha sin igual con el ogro en la Puerta de Rashomon, que hasta ha llegado a oídos de tu pobre nodriza. ¿Es verdad, como dice todo el mundo, que le cortaste un brazo? ¡Si realmente hiciste esto, eres digno de todo elogio!

-Lo que siento es no haber podido agarrar al ogro, como era mi deseo y tenerme que contentar con un brazo -dijo Watanabe.

-Me enorgullece pensar -comentó la anciana-, que mi dueño ha tenido el valor y el atrevimiento de cortar el brazo de un ogro. Mi mayor deseo antes de morir, es ver ese brazo.

-Lo siento -replicó Watanabe-, pero no puedo satisfacer tu deseo.

-¿Por qué no? -preguntó la anciana.

-Porque los ogros son unos seres muy vengativos -contestó Watanabe- y no hay que decir que, si abro la caja, puede aparecer el ogro inesperadamente y llevarse el brazo. Me hice construir una caja con fuerte cerradura para guardarlo bien y no lo enseño a nadie, sea quien sea.

-Tus precauciones nunca serán bastantes -dijo la anciana-. Pero yo soy tu nodriza y no puedes negarme que vea el brazo. Acabo de enterarme de tu hazaña y, no pudiendo esperar hasta mañana, he venido en seguida para que me lo enseñases.

Watanabe se sintió muy contrariado ante la insistencia de la vieja, pero todavía se obstinó en la negativa. Y entonces la anciana le dijo:

-¿Crees que soy una espía enviada por el ogro?

-No, claro que no creo que seas una espía del ogro, porque eres mi nodriza -contestó Watanabe.

-¿Pues entonces, cómo puedes seguir negándote a mostrarme el brazo de un ogro?

Watanabe no pudo obstinarse más tiempo en la negativa y accedió por fin diciendo:

-Bueno; ya que tanto lo deseas, te enseñaré el brazo del ogro.

La condujo a su aposento y cuando estuvieron dentro, cerró la puerta con cuidado, se acercó a la caja que estaba en un ángulo de la habitación y abrió la tapa. Entonces indicó a la anciana que se acercase a mirar, ya que él nunca sacaba el brazo de la caja.

-¿Cómo es? ¡Deja que lo mire bien! -dijo la nodriza con cara de alegría.

Se acercó poco a poco, como si tuviese miedo, hasta que estuvo al lado de la caja. Y de pronto metió la mano y cogió el brazo, gritando con una espantosa voz que hizo estremecer el aposento:

-¡Oh, qué alegría! ¡Ya vuelvo a tener mi brazo!

¡Y de una mujer anciana, se transformó súbitamente en la figura gigantesca del más espantoso ogro!

Watanabe retrocedió despavorido, presa de indecible horror, pero reconociendo al ogro que le había atacado en la Puerta de Rashomon, resolvió con su acostumbrado valor acabar con él en aquel momento. Desenvainó su espada con la rapidez de un rayo y trató de derribar al ogro de un mandoble.

Tal decisión y presteza puso en el manejo del arma, que el ser monstruoso se vio en un verdadero aprieto. Pero el ogro se lanzó de un brinco en el techo y abriéndose paso por el tejado, desapareció en las tinieblas y entre las nubes.

Así escapó el ogro con su brazo. El caballero se quedó con los dientes apretados de rabia, pero no pudo hacer otra cosa y esperó con paciencia otra oportunidad para matar al ogro. Pero éste temía a Watanabe por su fuerza e intrepidez extraordinarias y nunca más volvió a molestar a los habitantes de Kioto, que en adelante, podían salir sin miedo de la ciudad donde nunca se olvidarán las hazañas de Watanabe.

Este libro se terminó de imprimir en mayo de 2005
en Primera Clase Impresores, California 1231, Buenos Aires.